『運命の糸車』

威圧的な軍勢の中央に、ひときわ目をひかずにはおかぬ巨大な一騎が悠然と……
(223ページ参照)

ハヤカワ文庫JA
〈JA698〉

グイン・サーガ86

運命の糸車

栗本 薫

早川書房
5015

THE WHEEL OF THE WEIRDS

by

Kaoru Kurimoto

2002

カバー／口絵／挿絵

末弥　純

目次

糸車　まわれ　まわれヤーンの糸車
つむげ　つむげ　ひとの心の錦織り
からからまわれ　糸車
はてなくつむげ　人の世の
さだめの糸の曼荼羅を
まわれ　まわれ糸車
まわれ　まわれ糸車

——ヤーンの糸車の歌——

〔中原周辺図〕

ナタール川
ヴァーラス湖沼地帯
ノスフェラス
ナタール大森林
ギーラ湖
ナタリ湖
ケス河
サイロン
ユラニア
トーラス
ノルン海
ケイロニア
アルセイス
ゴーラ
ロス
モンゴール
クム
カムイ湖
タリア
タリア
ワルド山脈
リーラ川
中原
ルーアン
イーラ湖
オロイ湖
クリスタル
アルムト
パロ
アルーンの森
カラヴィア
サルジナ
ダル湖
ダネイン大湿原
ドラス連山
ハイランド高地
ルート
ウィレン山脈
ラドナレン山脈
ウル山脈
カムリ岬
アグラーヤ
サーリスベリ
ランガート
アルート高原
カウロス
獅子原
ライゴール
レンティア
草原地方
トルース
トラキア自治領
リャガ
ヤガ
イフリキア
マハール
トルフィヤ
ヴァラキア
アルゴス
沿海州
アルカンド
アルゴ河
レント海

〔パロ周辺図〕

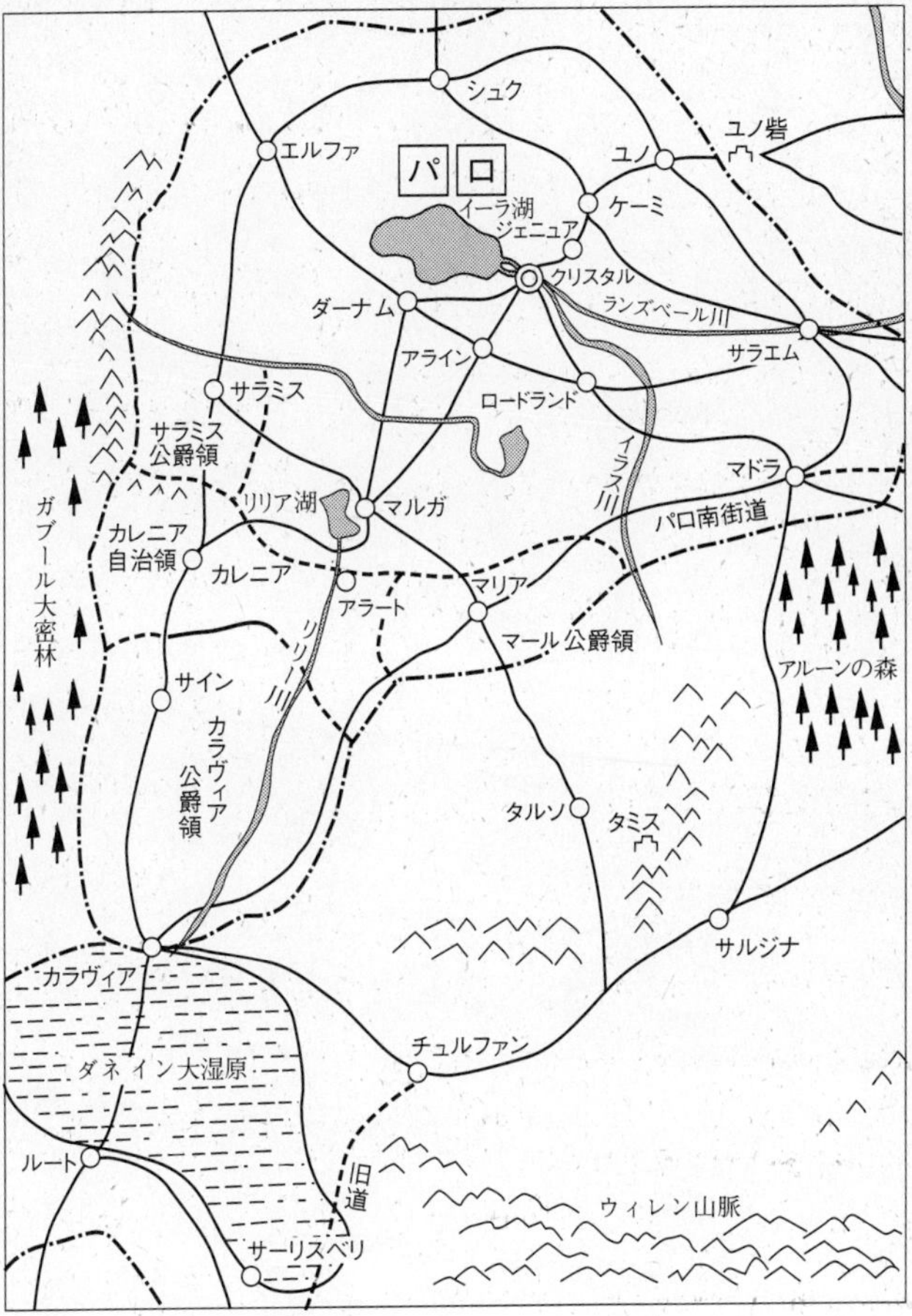
パロ
シュク
エルファ
ユノ砦
ユノ
ケーミ
イーラ湖
ジェニュア
クリスタル
ランズベール川
ダーナム
アライン
サラエム
ロードランド
サラミス
サラミス公爵領
イラス川
マドラ
リリア湖
マルガ
パロ南街道
カレニア自治領
カレニア
マリア
アラート
マール公爵領
ガブール大密林
サイン
リリア川
アルーンの森
カラヴィア公爵領
タルソ
タミス
サルジナ
カラヴィア
チュルファン
ダネイン大湿原
ルート
旧道
ウィレン山脈
サーリスベリ

運命の糸車

登場人物

グイン……………………………ケイロニア王
ゼノン……………………………ケイロニアの千犬将軍
ディモス…………………………ケイロニアのワルスタット選帝侯
アルド・ナリス…………………神聖パロ初代国王
リンダ……………………………神聖パロ王妃
ヴァレリウス……………………神聖パロの宰相。上級魔道師
ヨナ………………………………神聖パロの参謀長
カイ………………………………ナリスの小姓頭
ギール……………………………魔道師
イシュトヴァーン………………ゴーラ王
カメロン…………………………ゴーラの宰相。もとヴァラキアの提督
アムネリス………………………モンゴール大公。イシュトヴァーンの妻
マルコ……………………………イシュトヴァーンの副官
ウー・リー………………………ゴーラの親衛隊隊長

第一話　日没のなかで

1

「宰相——宰相閣下！」

緊急の報告を持った伝令が駆け込んでくる前から、すでにゴーラ王国の宰相カメロンは、宰相の執務室の机の前で中原の大きな地図を拡げていた。

沈着冷静、豪胆にして剛毅の男盛り——もとヴァラキアの海軍提督にして、いまやゴーラ王国の中枢を一手に預かるカメロン宰相は、いまやこの人なしではとうていゴーラ王国はたちゆかぬまでに、すべての国民と特に兵士たちのあつい信頼を集めている。どこへいっても、どのような立場にかかわっても、あっという間に人々の信望をあつめ、崇拝と深い憧憬とを一身に集めてしまうその統率力は、もともと持って生まれたもの、としかいいようのないものだ。

「どうした？　ルス」

そのカメロンの統率力と信望のひとつの秘訣は、おどろくべき記憶力でもって、もっとも下のほうの人間、兵士のはしくれにいたるまで、ふいと名前と顔を記憶してしまう能力にある。いきなりその名を呼ばれたあいては、おのれのようなしもじもの下っぱを、こともあろうに王国の宰相ともあろう雲上人が名前を覚えてくれた、と感動し、この人のためならばいのちもいらぬ、とまで思い詰めてしまうように結局なってゆくのだ。

「はッ、一大事であります！」

伝令のルスは敬礼した。カメロンの剛毅だがおだやかな、どのようなときにも激さない落ち着いたまなざしに迎えられると、いたずらに感情に走って叫んだりすることが恥じられるようになってゆく。

「ついにケイロニア軍とわがゴーラ遠征軍とのあいだに、戦端が開かれました！」

「――ついにか」

カメロンは、まるで、すでにその知らせを知っていたかのようであった。

だが、むろんそんなわけはない。ただ、おおむね、その前の伝令が伝えてくる四囲の状況からして、おそらくそのときは近いであろう、避けられぬであろう、と予期していただけだ。

「どこで」

「はッ、戦場は、マルガの北ルエの森周辺より、しだいに北東にむかって展開しつつある、とのことでございます。……次の使者が参りましたら、現況がいますこしご報告できるやも知れませぬ。……わたくしが、出て参りましたときには、イシュトヴァーン陛下じきじきに率いて出られたゴーラ精鋭と、増援にかけつけた部隊、あわせておよそ五千ばかりが、ケイロニアの金犬将軍ゼノンひきいる軍勢との激闘のただなかでございました」

「ということは……総指揮官は動いていないのか。ケイロニアは。……グイン王は」

「はい、それはいまだ。……グイン王は聖騎士のよろいに身をつつんだ神聖パロ王国のリンダ王妃と、神聖パロの宰相ヴァレリウス卿をともない、サラミス騎士団を中心とする神聖パロの軍勢もろともマルガに向かって南下ははじめておりますが、いまだイシュトヴァーン陛下の本隊とはたたかいを開始してはおりませぬ」

「そうか……」

カメロンは、ゆっくりと机の上の箱のなかにおいてある頭の白く大きな長い鋲をとりあげると、マルガ周辺を指でたどり、ルエの森を探し出して、そこにその鋲をさした。もう一本、これは頭の部分が赤くなっている同じ鋲をとりだして、それをその南側に突き刺す。二本の鋲が、分厚い地図の上でかすかにふるえている。

「わかった。……ほかには」

「わたくしが戦場をあとに、お知らせのために出発いたしましたときには、イシュトヴァーン陛下はかなりおしぎみに戦いをすすめておられました。……そしてまた、わたくしがユノ街道に入り、パロ北部の中心部に出ましたときには、かなりの——かなりの数の部隊を擁するパロのレムス王の軍勢が、神聖パロの版図をさけつつもマルガのほうへと南下を開始するという情報がしきりと流れておりました。ただしこれはまだ確認しておりません」

「なるほど、わかった」

イシュタールから、マルガまでは遠い。

馬しか交通機関もないこの時代、最短距離をとってユノからイレーン、マイラス、ダーハン、ガザ、そしてイシュタールと泊まりをかさねてきたとしても、最低で五泊はかかろう。もたらされた情報はすでにそれほど以前のことであり、その情報の到着した時点からはすでに五日以上前ということになる。

それ以上に早く情報を伝えるには、狼煙か、あるいは魔道師を使う以外にない。だが、ゴーラは心話を自在に駆使するような、強力な魔道師陣など、とうていかかえることはできぬ国である。魔道師がいないわけではないが、それは組織だっても、またそれほど訓練されてもおらぬ。

「夜を日に継いでの知らせご苦労、疲れただろう。もう、さがって、やすむがいい」

「おそれいります」

伝令は丁重に頭をさげて、出ていった。カメロンは、黒いこわい口髭の端をかみしめた。

（ついに、開戦か……）

それから五、六日のあいだに、はるかマルガでは、情勢はどのようにかわっているのか。

イシュトヴァーンは、ともかくカメロンには、イシュタールとゴーラの国元を死守して動くな、こちらより切迫した要請があるまでは、決してカメロンだけは国をあけるな、とかたく言い残して出発していった。その正当性は、カメロンにもよくわかっている。いま現在、ゴーラ国内の情勢も決してどこからどこまで安定しているとは言い難い上に、ゴーラ国内はカメロンがいればおさまっているにしたところで、中原全体の状況はとうてい、新興で、しかもさまざまな周囲の抵抗を乗り越えて強引に作り上げられた国家であるゴーラの、国王と宰相、最大の指導者たちが二人ながら安閑と留守にしていていいようなものではない。

その意味ではむしろ、イシュトヴァーンが新都イシュタールに残っているよりもさえ、カメロンが残っているほうがよかったはずである。イシュトヴァーンは若い兵士たちには圧倒的な信頼と人気をあつめているとはいいながら、やはり旧ユラニアの残党や年輩のものたちには、その残虐さやこれまでの素行にかなりの不信感や恐怖心をもたれている。それでも、ゴーラ王国がこれまで無事におさまってきていたのは、それはひとえに、カメロン宰相の存在のおかげであった。

カメロンが、ヴァラキアの出身である——それはイシュトヴァーンとても同じことなのだが、イシュトヴァーンの場合には、ヴァラキアというよりもすでに、「モンゴール大公の夫」という、モンゴールの出身者、という見方のほうが、ゴーラでは根強いのだ——というのもまた、その信頼を作り上げるに預かって力がある。沿海州のヴァラキアは、内陸部の国ユラニアにはほとんどかかわりのなかった国で、かえってそれゆえに、カメロンは、カメロン当人だけとしての信頼感や人物評をもって見てもらうことが出来た。これがもしも、モンゴールやクムなど、旧ゴーラ三大公国の関係の出身であったら、それぞれにいろいろな過去をひきずっている。とてもそのようにただちに信頼を得ることはできなかっただろう。

また、カメロンがおのれの私設の精鋭騎士団としてひきいているドライドン騎士団の存在も大きい。よく鍛えられた、船乗りあがりの精鋭を中核とし、そのあとどんどん傭兵をふやしていまや二千人に及ぶ勇敢できわめて機動的なカメロンの親衛隊となっているドライドン騎士団は、ゴーラの十二神騎士団にもまして、頼りになる、強い、とゴーラの人民に人気が高い。カメロンもまた、ドライドン騎士団の幹部たちに命じて、極力アルセイスやイシュタールの治安を守るための任務につかせ、いわばカメロンの私設護民兵としての役割もさせてきたゆえだ。

（ついに……）

「閣下」

そっと扉をたたく音がして、顔をのぞかせたのは、そのドライドン騎士団の副団長としてカメロンの信望あつい、ブラン准将であった。もとをただせばカメロンの右腕の腕ききの船乗り、そんな堅苦しい准将がどうのなどという地位はイヤだとさんざんごねたものの、カメロンに説得されて、いまではちゃんとゴーラの准将としてつとめている陽気な船乗りだ。

「いま、ききましたが——とうとう、はじまったそうで……」

「ああ」

カメロンはまだ地図をにらみつけていた。

「どうなさるんで」

するりと、室内にすべりこんできたブランは、カメロンの見ている地図をのぞきこむ。

「すぐに、救援ですか。……このゴーラの騎士団の連中はみんな若くて、そのなかでも多少はマシな連中はみんな、ウー・リーもヤン・インも、陛下が同行なさってる。……とすれば、救援となるとドライドン騎士団がゆくしかないんでしょうか？」

「いや、そうはゆかんよ、ブラン。いま、お前らにイシュタールをあけられたら、俺は困る」

「しかし、ほかに兵をひきいてゆけるようなのは……旧ユラニアにはおらんでしょう」

「そもそも、二十五歳以上の将軍がほとんどいないんだからな」

カメロンは思わず、日頃の鬱憤をもらした。

「まあ、しょうがねえが。そんなことをいってたってな。……しかし、俺があけるわけにも——」

「そりゃ駄目です。おやじさんが——失礼、カメロン閣下がイシュタールをあけられたら、ゴーラはそれだけで壊滅しちまいますよ」

「二人だけのときくらい、カメロン閣下はやめろ、ブラン。もう沢山だよ、閣下は」

カメロンはにがにがしげに云った。

「まあ、どうしようもねえな。それに、まだ、救援要請がきてるわけじゃない。それに、一応……イシュトは、いや陛下は戦いながらも北東にむかってるということは……たぶん、ゴーラへの帰国を目指してるんだろうし……」

「なんだか、正直、俺にはようわからんのですが、この展開が」

いぶかしげに、ブランがいう。

「率直にいって、いったい、何がどうしてどうなって、それでケイロニア軍と陛下の軍がマルガ近郊で激突、なんてことになったんですかね。そもそもは、陛下は、おやじさんの反対をおしきって、マルガの神聖パロ軍を――つまりはアルド・ナリスを助けにいったわけなんでしょう？　でもって、ケイロニア王も結局、神聖パロにくみすることにしたという公式通知を出してきたわけで――ということは同じもんを助けにいったどうしが、なんだって」

「そんな遠くで起こってることが、俺にわかるか」

むっつりとカメロンは云った。

「というか……なんか、途中からとうていここからじゃ、ついてゆけなくなったよ。イシュトの軍が、パロの中央部あたりに入ったくらいからな。……それまではなんとか、伝令の報告で、状況を想像していたんだが」

「伝令をもっとよこして下さるといいんですがね、陛下も。……あんなに日頃から情報網、情報網っていってるのにな」

「まあ、あいだにレムス・パロの勢力が完全に入っちまってるから……なかなかそうもゆかんのだろうが……」

もどかしげにカメロンは云った。

「本国で待ってるってのはこういうもんさ。……はらはらしながら、なんだかやみくもに雲をつかむような……本当は何がおこってるのか、いまひとつ実態がわからねえまま、こうやって苛々してるっきゃねえ。俺には、向かないね、こういうのは。俺は、やっぱり、おのれの船で海原に自分で乗り出すほうが性にあってるよ」

「うわあ、船の話はしないで下さい」

ブランは頭をかかえた。カメロンはかすかに苦笑した。

「どうした。まだレントの海が恋しいか」

「恋しいなんてもんじゃありませんや。おやじさんさえいなかったら、俺は……とっくにもう何もかもなげうって、沿海州へ戻ってますよ。こんな、どこを見ても陸地《おか》しかねえようなところに閉じこめられて、息がつまるったら——失礼ながら、イシュトヴァーン陛下だってヴァラキアの生まれ育ちだっていうのに、どうして、こんな内陸の国に骨を埋めるお気持になれたんですかね。俺にゃ、それがわかりませんね」

「どこだって、住めば都だよ……と、吟遊詩人は云いやがるけどな、しかし」

カメロンは覚えず、胸のなかをみな吐き出してしまうかのような溜息をついた。

「それはこっちだって同じだよ。ああ、海風にからだを吹かせて、甲板で潮のにおいをかぎてえな。いまだに夜寝てるとからだが波にゆすぶられつづけてるような気がすることがある……」

「おやっさんもですかい！　俺もですよ！　ああ、でもまあ、おやじさんもそうだときいてちょっと安心したかもしれないなあ……で、陛下の救援はどうするんです」

「救援といってもな……三万、率いて出てるんだから……もうあと、こちらから二万も出したら、たぶんもうイシュタールの防衛が……一応、モンゴールの情勢もあるしなあ。あっちにも置くだけのものは置いておかねえとな」

「ああー」

「それに対してケイロニア軍ての は……なんというか、底知れずといいたいくらいの兵力をもってるからな。……もともとが国民皆兵に近い尚武の国だし、そもそも人口も多いし――十二神将騎士団に十二選帝侯騎士団、まだじっさいには神将騎士団の半分さえ動いてないんだぞ、いいとこ三つか四つの騎士団が動き出しただけだろう。そう思うとぞっとするね。しかもこっちと違ってあっちは人材も歴史も経験も……いやというほどあるときてる。俺がイシュトだったら、何があろうとケイロニアとだけは戦わないよう、気を付けたと思うんだがねえ」

「ですねえ……」

「だがもう、はじまっちまったものは四の五のいってもはじまらん。それよりも、とにかく、出せるだけの救援は用意しておかないといかんだろうな。ブラン、いま、ドライドン騎士団をまあ二個大隊くらいつけてやるとして、動かせるのはどのあたりだ」

「ええと、陛下がルアー騎士団とイリス騎士団を率いて出られてますね。ですから、まああと使い物になるのはイラナ騎士団とヤーン騎士団くらいでしょう。あとはまあ、かきあつめのよせあつめのおんぼろですからね」

「イラナとヤーンでどのくらいだったかな」

「それぞれに二千、合計四千ですね。あとせいぜい、がんばってサリア騎士団が一千五百、でもサリア騎士団てのは、なにせ、平均年齢が十六歳ですからね」

「そんなもの、援軍に出したら、親どものうらみをかってえらいことだ」

カメロンはにがにがしげにいった。

「しょうがねえな。……まったく、いまのゴーラは、外国にケンカを売れるような状態にはほど遠いんだが……しかし、しょうがねえ。ブラン、イラナ騎士団とヤーン騎士団をとりあえず出動可能なように準備させておいてくれ。それだけで、あの大ケイロニアをどうこうできるなんて、毛ほども思っちゃいないが、しょうがないからな。しかもそのケイロニア軍を率いてるのはグイン王ときた。まったく、わが君様は気が狂ってしまったんだとしか思えんな。その前からの報告で、なんだかいやーな気分はしてたんだがな」

「まったくです。俺だって、グイン軍となんか、この世で一番戦いたかあないですよ」

「誰だってだよ！　この世で、戦争をなりわいにしてる奴なら誰ひとりとして、グイン王ひきいるケイロニア軍の最精鋭を敵にして戦いたいなんて思うのは——イシュトヴァーン様くらいのもんだろうよ」

カメロンは重たい溜息をもらした。

「誰にひきいさせていけばいいのかな。……お前はだめだ、ブラン。お前がいねえと、俺が困る。……といって、もう、ろくなのが残ってねえな、旧ユラニアあがりにはな。……それに、そうでなくても……」

「どうかしましたか」

「ちょっと前に、クムのタリク大公からきびしい抗議の親書が届いてなァ」

カメロンはうんざりしたように手をあげて、首のうしろをもんだ。

「イシュトがユラニアの自由国境で討ち取ったタルーの遺体を、即刻当方に引き渡されたい、という……それは確かにタリク大公の兄タルーは反逆者として、クムの国家内では重罪人ともくされている存在であったが、しかし、それでもタリオ大公家の血筋の正当な一員であるからには、よんどころなき事情これあったにせよ、――戦闘にさいしてやむを得ずタルーを討ち取られたにせよ、その遺骸に対してはあくまでかつてのクム大公家公子として、しかるべきお扱いあって苦しからずと存ずる、またクムに対し、この一件につきあらかじめご報告なり、本来はご相談なり――タルーを討ち取るについてのご了解を得ていただけなかったこと、まことにもって重大至極、とまあ、これは正直、俺もあっちのいうことのほうがもっとものような気もするんだがねェ」

「でも、しょうがねえじゃねえですか。おやじさんがやったこっちゃなし」

「それをいっちゃあおしまいよ……ってやつだぞ、ブラン」

ことが多い。

　カメロンは気重そうにいった。このところ、さしも磊落なかれも、妙に溜息をもらす
「まあなあ、これはお前だからいうぐちだが、わが国王陛下が、ほんのちょっとだけ――国際政治だの、おのれの立場だの、ゴーラの立場だの、というものを考えに入れて下されればなあ。……だがそれはもういってもしょうがねえんだろうけどなあ。ましてまあ、じっさいにはどういう成り行きでタルーとぶつかり、討ち取ったのかは、あの簡単な伝令だけじゃこちらにゃどうにもわからねえからな」

「いったいなんだって、あそこで突然タルーが出てきたんですかね」

「俺に聞くな」

「で、タルーの遺骸てのは、いま、どこにあってどうなってるんですか」

「俺が知るか」

　まことにもっともなことをいって、カメロンはまた首のうしろをもんだ。

「まさか、マルガまでひっかついで歩いちゃいまいからな。……そりゃ、タルーの生首は、塩づけにしてイシュタールに届けられてきたよ。イヤな小荷物を運ばされたやつらにしてみりゃとんだ災難だったろうけどもな。だが、首から下なんか、イシュトがどこでどうしちまったのか、この俺が知るか。――きいただそうにも陛下ははるか彼方で戦争の真っ最中、伝令を出すにもいま現在正確にはどこにおいでかさえわからねえって

ありさまだ。だが、首しかない、といったら……またさぞかしクム側は四の五のいうだろうよ。どのような状況下で、どのような理由で、どのようななりゆきでイシュトヴァーン陛下がタルーを討ち取られたのか、それについてわが国は詳しく知る権利がある、とかなんとかといってな。——それや、しかし、タリクのいうのがもっともだよ。タルーはタリクの兄であって、イシュトのじゃあねえんだ」

「ウーム……」

「まあ、そっちは……まだしのごの云ってる段階だから、ただちにクムがこのことでうちに喧嘩を売って兵をすすめてくるとまでは思わないけどな。でも、結局のところイシュトがいないってことで、『いまが好機だ』ってえ気持は、モンゴールの残党にも、またクムにもあるんだろうからな。……まったく、いまが一番あけられないときだってのに、厄介きわまりねえときに、厄介きわまりねえ相手と戦争なんざあ、はじめてくれたもんだよ」

「ですねえ……」

「あと、ドライドン騎士団の幹部クラスだったら、誰が手があいてるんだ、ブラン」

「あとはですねえ、……大したやつはおらんですよ。あのこないだおやじさんが幹部に入れた若い、もとユラニアの傭兵だったムー・インてやつとか……あとはせいぜい、ワンだのサンだの——あいつらじゃあ、総大将の貫禄なんか、無理ってもんですからねえ……」

「だなあ。……わかったよ、まあいい。どちらにせよ、イシュトが連れてってる若い連中だって、威勢はいいが指揮官としての経験なんざ、半年とつんでるわけじゃねえんだ。どっちもたいして変わっちゃいるまい。……もういい、ブラン、いざとなったら国境あたりまでは俺が率いて出るよ」

「ええッ、おやじさんが動いたらイシュタールはどうなるんです」

「まだしも、イシュタールを占拠しようなんて動きのほうが、少ないと思うからな」

むっつりと、カメロンはいった。

「それにこういっちゃ何だが、いまのイシュタールを奪われたところで、たいしたいたでにはならんよ。ゴーラにとっちゃな。まだ、それほど、確定した首都ってほどの機能をはたしてるわけじゃない。まだ三分の二以上の機能は、アルセイスにあるんだ。……そして、アルセイスは商業の都だ、守ったところでしょうがない。それにまあ、なんぼゴーラが新参でも、いきなりそこの心臓部まで攻め込んでくるほどには、タリクも腹がすわっちゃいまいし、それだけの用意もない……これが別のやつなら、それこそケイロニアとこっそり手を結んで、それでこっちを包囲してこられたらって、俺も身の毛がよだつんだけどな。タリクが馬鹿の臆病者でまったく助かるよ。……それにモンゴールのほうは……独立しようと兵をおこしたにせよ、アルセイスまで攻めてくるこたあない、万一のときには、もう、いったんモンゴールは残党の好きにさせて——あとでイシュトが、陛下がお戻りになられてから、好きなようにとりもどせといってやるほかはねえよな」

「はあ、まあ、そういうことですかねえ」

「それどころじゃねえ問題はまだいくつでもあるんだし……」

カメロンはまた長嘆息した。

「それに何よりもの問題がひとつある。俺は……」

「はあ……」

「俺は、グインどのと、戦いたくねえよ」

「はあー……」

「この世で誰と一番戦いたくねえかっていったら、そりゃ、グインだろう。その次がスカール太子だが、スカール太子もこないだの報告だと、とうとうマルガ近辺でぶつかったそうじゃねえか。……まったく、遺瀬無いねぇ、ひとが、男の中の男だと思っていて、この人とだけは絶対に戦いたくない、と思ってるあいてを二人ともに相手にまわして戦わなくちゃならないかもしれない、なんてのは」

「なんだか、一番参るのは、ほんとに、マルガの近辺でいったい何がどうなってるのか、パロ国内でどういう情勢になってるのか、さっぱりわからんですねえ」

ブランも弱音を吐いた。カメロンはたくましい肩をすくめた。

「しょうがねえな。イシュタールなんて、これまたけっこう山ん中の不便な土地柄なんだし——アルセイスだったらまだしも、それなりに情報網の整備のしようもあっただろうが、まだ、いまイシュタールは、道路網だって、伝令網だって、これから整備しようってばかりのところだったんだからな。あっちもこっちも工事中で、まったくたまったもんじゃねえや。……まあいい、ブラン、とにかくいったとおりに二つの騎士団に、出動の準備だけはさせといてくれ。それが何かの役にたつとも思えねえが、とにかく国境まで援軍がきた、という示威運動くらいはしてやらざあなるめえさ」

2

ブランが出ていってから、カメロンは、ほうっと大きな——腹のなかに長年たまりにたまった息を全部吐き出してしまうほどの長い溜息をついた。

（くそ、本当にここんとこ、俺は溜息ばかりついてやがるな。ま、それも無理はねえが）

（とうとう、グインと戦ってるのか。イシュト——馬鹿野郎、いったいなんだって、これだけはするなとあれほど俺が……祈りもしたし、念じてもいたし……口にも出したというのに……どうして、俺がこうしないでくれといい、こうならなければいいと願うとお前はわざとのようにそちらへむけてまっしぐらに飛び込んでゆくんだかな……）

（グイン……）

カメロンは、かつて、ひとたび、トーラスでグインの謦咳に接したにすぎない。にもかかわらず、そのごく短いグインとの会見は、カメロンの剛毅な心のなかに非常な影響と影と印象とを残していたし、それはそののちどれほどの運命の変転を経ても、まったく色あせることも、変わることもないものであった。

カメロンは、グインのことを、天下随一の英雄であると感じたし、それはほとんど、直感的に——前世から、なにかのえにしあって知っていたのではないか、とさえ思いたくなるような《慕わしさ》をともなっていたのである。

英雄は英雄を知る——というものであったかもしれぬ。カメロンは、かつてアルゴスの黒太子スカールに感じたと同じ好ましさと慕わしさと無条件の信頼、それとまったく同じものをケイロニアの、そのときにはいまだ豹頭将軍であったグインに対して感じたのであった。そののち、カメロンもまたこのゴーラの宰相となり、グインはケイロニア王となっていったが、その激しい運命の変動のあいだにも、カメロンは、グインとのその短い会見の折りに感じたものを忘れたことはかたときもない。

(あれは、稀有な人間だ。……というよりも、あれは——まさしく、神によって、神々によって選ばれた人間だ。普通の英雄でさえない——)

(あの悠揚迫らぬ大人の風格……そして、あの圧倒的な……なんというのだろう、あの圧倒的な存在感と、そして深い洞察力と信頼感をおこさせる何か……あれこそ、帝王だ。あれこそが、世界の帝王だと俺は思った。生まれてはじめて……あれほど、親しくお仕えしていた、ヴァラキア公ロータス・トレヴァーンにさえ感じたことのない、あの無条件の慕わしさと崇拝……)

ロータス公も、さわやかな、折り目正しい人柄であり、そして廉直でもあれば清廉でもあって、この上もなくカメロンはその人柄をかっていたものだが、それはあくまでも、ひとりの人間、たまたまその支配者としての家柄に生をうけ、それを誠実によき支配者たろうとつとめ、学び、努力してきた聡明で人間的な人間の魅力であった気がする。

（だが、グインはそうじゃない……あの人は、何もかも……ただそこにいるだけで、すべてを変えてしまうほどの何かをもっていた……あんなに、何もしていないのに、額の上にはっきりと神が与えたもうた王冠が見えるような気のする相手は、俺は本当に見たのがはじめてだった……）

だが、だからといって、そのグインに剣を捧げてただちにその足下に仕えようとは思わない。すでにカメロンの剣は、男児たるものに一生に二度とはない神聖な誓いをもって、不幸なゴーラの僭王に捧げられてしまっていたのだから。

（だがせめて……あんたとは一生戦いたくなかった。……イシュトならば、あんたほどの豪傑と戦うことに、……やれるのだろうか、勝てるだろうか、というような、敵慨心を燃え立たせたかもしれないが、俺は……俺は違う。俺は……あんたとは決して剣をまじえたくもないし、そもそもあんたの敵になりたくもなかった……）

敵側にくみする、というだけのことでさえもだ。スカールにせよ同じこと――カメロンにとっては、そのように信じて、そちらからも信じてもらい、いのちをかけてその信義を守りたいと感じた数少ない相手というものは、たとえどちらにどのような非があろうと、論理があろうと、それでも、敵として剣をかざすことさえいさぎよしとしないほどに、大切な存在になる。

(俺は……)

またしてもカメロンは重い息を吐いた。

(俺は……もしも、ゴーラが、イシュタールが戦場になり……イシュトから緊急の、切迫した救援要請がきて……グインの軍が攻め寄せてきているとしたら——俺の可愛い大事なドライドン騎士団をひきいて、グイン軍と戦う気になれるんだろうか……)

本当は、冗談ではない、という気分なのだ。

そもそも、カメロンにとっては、スカールやグインくらいに思いこむということは、『絶対の正義』を決して破らぬ相手である、という信頼が根底にある。グインがこのようにするからには、それは相手が間違っているのだ、というのが——スカールでも同じであったが——スカールやグインと基本的に相通ずる気性をもって生まれてきているカメロンには、当然の論理的帰結なのだ。

(俺がそのように信じ、たのみ、友と思う相手は——決して、信義を裏切らぬ、決しておのれの筋道を曲げぬ、決して無法をせぬ、決してひとを裏切らぬ——いのちをかけて信義と誠実を守る、それこそが俺にとっての、かれらの最大の——美徳なのだから…

……)

そして、おのれもそのようでありたいと願って生きてきた。そのカメロンにとっては、グインとスカールとが、ともに敵として、兵を率いて立ち上がった相手、というものは、論理的には無条件で《悪》であり、何があろうと、おのれもまたドライドン騎士団をひきいてはせ参じるべき、ともに戦う対象でしかなかったりする。

だが、いま、その二人が、ともに敵としているのこそ、カメロンにとっては長年の深い愛情の対象であり、そして唯一の剣のあるじであり――いまとなっては彼の主君でさえある、イシュトヴァーンにほかならないのだ。

(くそ……)

このところ、さしも剛毅豪胆のカメロンも、いくぶん酒量が増え、溜息がふえ、そしていくぶん目の下の隈が目立つようになったのも、まことに無理からぬことと云わなくてはならなかった。

(俺は……俺は、目のまえでグインとイシュトが――こよなく敬愛するわが友と、俺の……愛する者が戦っていたら……いったい、どうするのだろう。どうしなくてはならないのだろう――俺は、どうすることができるだろう……)

本当にその局面にたったら、もっともおのれがしそうなことは、おのれの身を剣にたおしておのがいのちを断ってしまうことではないか、とさえカメロンは考えたことがある。だが、それもまた、おのれが本当には決してそうはせぬだろうということも、よくわかっていた。それは、カメロンのやりかたではない。――そうやって、その場からおのれひとり、逃げ去ってしまったところで、何ひとつ事態の解決にはならぬだろうということを、カメロンはよくわきまえている。

（だからひたすら、こんなことにはならずにすむようにとだけ祈っていたのだが……）

「宰相閣下」

ドアがノックされ、近習がかけこんできた。

「おそれいります。あの、ケイロニアよりの――ケイロニア王よりのお使者といわれるかたが、直接のご面会を求めておられますが」

「なんだと」

カメロンは怒鳴った。気づいて、声をおさえようと努力した。

「ケイロニア王よりの使者？　すぐお通ししてくれ！」

「かしこまりました。あのう、魔道師なのですが……この執務室でお会いになられるのは危険はございませんか？……護衛の者はいかがいたしましょう？」

「なんでもいい。大丈夫だ、すぐお通ししてくれ」

「は」

近習が出てゆく。カメロンはにわかに胸が激しく高鳴ってくるのを感じた。

そこに入ってきたのは、黒いマントに身をつつんだ、ユラニアでは見慣れぬすがたであった。

「恐れ入ります。わたくしはパロ魔道師ギルド所属、ギールと申す上級魔道師でございます」

きちんと、礼をして、魔道師は名乗りをあげた。

「本来は神聖パロ王国の魔道師軍団に所属いたし、神聖パロ初代国王アルド・ナリスのためにはたらいておりますが、宰相ヴァレリウス卿の命令により、現在は、ケイロニア王グイン陛下の情報収集及び伝令のお役をつとめさせていただいております。……本日は、ケイロニア王グイン陛下より、じきじきのご命令にて、ゴーラ宰相カメロン閣下に内々にてお目にかかり、グイン王陛下よりの御伝言を申し述べよとのご命令をうけまして、かくぶしつけにまかりこしましてございます」

「おつとめ、ご苦労に存ずる。……して、身分証明、ないしグインどのの代理たる証拠のようなものはお持ちか」

カメロンはいった。ギール魔道師はうなづいた。

「持参いたしました。グイン陛下は、おそらくカメロン宰相閣下は慎重なおかたゆえそのようなものの呈示をお求めあるであろうということで、グイン陛下よりの親書を持参つかまつっております。ただし、これは身分証明のみにて、グイン陛下のおことばはきわめて重大にございますので、カメロン閣下のご信用を頂戴してよりのち、じきじきに口頭で閣下にのみ、申し述べよとの陛下のご命令でございました」

「どれ。その親書、拝見しよう」

「はい。こちらに置かせていただきます」

相手に警戒をおこさせぬためだろう。ギールは、魔道をつかわず、手で、ふところにしっかりと持っていたらしい小さな文箱をとりだして、それをうやうやしくカメロンの机の端におき、ひきさがった。カメロンは軽く呼び鈴を鳴らした。カメロンの秘書をつとめている側近が入ってくる。

「すまんが、ゼム、この箱をあけて、中身を確かめてくれ」

「はい」

秘書は慎重な動作で箱を縛ってあるひもをとき、ふたをあけて、なかから折り畳んだ紙をとりだした。その紙をさっと読みおろして、カメロンを見上げる。

「これは、ケイロニア王グイン陛下より、この親書を持参せしもの、われが命じて派遣したるわが代理、神聖パロ王国魔道師ギールに間違いなし、との身分証明でございますが」

「照合を」

「はい」

ゼムはカメロンの机に近寄って、そこから各国の国王、指揮官クラスのものの揮毫や印鑑、また花押などをすべて記録してある大きな箱をとりだした。それをあけて探しだし、照らし合わせているあいだ、ギールはじっとこうべをたれて待っていた。

「はい、グイン王陛下のじきじきのご署名、国王印に相違ございません」

ゼムが慎重な照合をおえて、その書類をカメロンに渡した。カメロンはさらにそれを照らし合わせて確かめた。

「確かに。――ありがとう、ゼム。もういいぞ」

「かしこまりました」

秘書は何も聞き返さず、出てゆく。それを見送って、ゆっくりとカメロンはギール魔道師に向き直った。

「確かに、グイン王のお使者にたぐいなしと確認された。して、王のお申し越しは、どのような」

「はい。ゴーラ宰相カメロン閣下」

ギールは、丁重に頭を下げた。そして、低い、だが明瞭な声でいった。

「グイン陛下の御伝言は以下のようでございます。――親愛なる、ゴーラ宰相カメロン閣下に申し上げる。このたびの仕儀まことにご心痛のこととお察し申し上げる。なれども、ご心配ご無用、ケイロニア軍は梟雄を討ち果たすの心なし。神聖パロ、アルド・ナリス王のお身柄さえ奪還をとげれば、わが軍はゴーラ軍を追走してむしろレムス軍との戦闘状態に入るであろう。ご心配あるな、援軍の儀誓ってご無用、カメロン閣下のお案じある事態はわれもまた歓迎せぬ――そのように、お伝えいたすようにとの、グイン陛下のご命令でございました」

「何……」

カメロンは奇妙な声をあげた。

「何だって……」

(援軍の儀誓ってご無用……カメロン閣下のお案じある事態は……われもまた歓迎せぬ……)

(グイン――)

(グインどの……)

ふいに、カメロンは、落涙をこらえた。

その動揺は一瞬で、その一瞬ののちにはもう、カメロンはまた、もとどおりの冷静で平静な剛毅な宰相に戻っていたのだが。

「お使いの向き、かたじけない。ギール魔道師どの」

おだやかにカメロンはいった――その冷静なおもてを見るかぎりでは、ほんの一瞬前にカメロンの内心を直撃した激動の嵐を想像させるものなど、かけらほどもありはしなかった。

「それでは、ギールどの、それがしよりも、グイン陛下にご返事を申し上げたいが、そのお使者もお願いできようか」

「はい、それはむろん。書状で、それとも口頭で」

「書状ではあとに残ろう。口頭でお願いしたい」

「かしこまりました」

ギールはうやうやしく頭をたれる。それにむかって、カメロンはゆっくりと云った。

「ゴーラ宰相カメロンより、ケイロニア王グイン陛下へ。グイン陛下よりのお申し越しの件、了承いたした。お心遣いまことにかたじけなき限り、たとえヤーンの運命あえてわれらを割くともつねにかわらぬ陛下の忠実なる友の末席にお加えあれ。国境まで、わが陛下をお迎えに出る所存なれど、それはお許しあれ。……いつの日か、ふたたびあいまみえんことをのみ、わが心の最大の希望として。末永くご武運長久なられんことを」

「記憶いたしました」

いかにも魔道師らしく、ギールがいった。

「復唱いたしましょうか」

「いや、かまわぬ。沿海州の出とはいうもののそれがしも多少は魔道師に馴染んだ。陛下へは、くれぐれも、よしなに」

「かしこまりました」

「お使いご苦労、かかる遠方まで、まことにもってかたじけない。……カメロン宰相が愁眉を開いておりましたとグイン陛下にお口添えあれ」

「かしこまりました。……さらに、陛下より命じられまして、当今の情勢につき……《閉じた空間》にて参りましたので、本日朝のマルガ界隈の状況につき、カメロン宰相閣下にご報告申し上げよ、さぞかし遠隔のイシュタールにて情報もご不自由のままお心をいためておいでであろうとのことでございましたので、ご報告申し上げてよろしくありましょうか」

「これは、お心配りなことだ。かたじけなき限り」

カメロンは髭の唇をほころばせた。ギールはまた、何か暗記した文章を目にうかべるかのように、うなだれて目をとじた。

「ただいま——本日朝の情勢で申し上げます。……それより半日ほど経過しておりますが、その間に大きな情勢の変化があったとの心話は入ってございませんので、基本的には最新の情報と申し上げてよろしいかと存じます。……五日前にマルガ近郊ルエの森、アリーナ界隈にて戦闘状態に入りましたゴーラ軍とケイロニア・神聖パロ連合軍は、まず緒戦に、イシュトヴァーン軍がケイロニア・ゼノン将軍の軍をうちやぶり、ゼノン将軍は撤退。——かわって、あとから到着、合流した黒竜騎士団、トール将軍があらてを

ひきいてイシュトヴァーン軍にあたり、この日はそのまま膠着状態にて、日没休戦。が、その夜のうちに、イシュトヴァーン軍はルエを撤退、マルガ寄りに陣地をかえ、マルガよりの援軍と合流して倍にふくれあがりました。――そして翌日早朝、ついにグイン王自らが、リンダ王妃ひきいるサラミス軍共々ケイロニア軍全軍をひきいてイシュトヴァーン軍と激突、終日にわたる激しい戦いの果てに、イシュトヴァーン軍はマルガへ撤退。――連合軍は一日様子見のままマルガ北東へ進軍、いっぽうイシュトヴァーン軍はマルガにひきしりぞき、リリア湖をうしろにとって、背水の陣のかたちでマルガ籠城のかまえをみせました。そのまま、翌日はこぜりあいと、そしてグイン・リンダ王妃両指揮官よりの、人質たるアルド・ナリス王の身柄返還要求の交渉がくりかえされるも進展なく、そして昨日も膠着状態のままなれど、グイン王は兵をひいてイシュトヴァーン軍にマルガを出るよう要求――というのも、もはやマルガには糧食一切なく、この上マルガにゴーラ軍がとどまるならば、一般市民、マルガ離宮に捕虜となっている神聖パロ軍の兵士たちほかの身柄に非常な危険が及ぶであろう、との御判断からでございますが――イシュトヴァーン軍からは返答なく、そのまま今朝にいたり、わたくしが出立いたしましたときにはそろそろゴーラ軍のなかに何か移動の動きが見え始めているところでございました。また四囲の情勢といたしましては、レムス軍はカラヴィア軍の南下に応じて南下を開始。カラヴィア軍はリンダ王妃の要請にしたがい、神聖パロ軍及びケイロニア軍と合流すべくの移動開始でありますが、レムス軍はそれを追撃というよりは、こちらはおそらくアライン街道をおさえ、ゴーラ軍との合流ないし共闘をこころみるつもりではないかと思われます。……そして、スカール軍は依然として、マルガの北にてイシュトヴァーン軍と激突して以降の消息が知れておりませぬ。おそらくあの界隈に兵を伏せて、イシュトヴァーン軍との対決のときをはかっているものとは思われますが――」

「かたじけない。――グインどのは、現在どこに、どのように陣ぞなえをしておられる？」

「ゴーラ軍がユラニア方向へ撤退可能なよう、兵の半分はシランの手前におかれ、そしてサラミス街道の両側にサラミス軍、そしてグイン王の親衛隊をおかれております。シランにおかれた兵はひきしりぞいたゼノン将軍がディモス選帝侯ともどもひきいてダーナム、アラインより下ってくるであろうクリスタル軍にそなえております。さらにルナン侯の軍が合流されたさいにグイン陛下はそれをロードランドよりの伏兵にそなえる位置におかれ、かたちとしてはいま現在、南方のリリア湖方向――ということはカラヴィア側をのぞき、ゴーラ軍はマルガにあってほぼ完全に連合軍に包囲されたかたちとなっております。が、グイン陛下はサラミス街道には陣をかまえず、街道の両側に兵を駐屯させて、突破可能な構えにされておられます」

「かさねがさね、陛下にはお礼の申し上げようもない」

奇妙な声でカメロンはつぶやいた。

「くれぐれも、よしなに申し上げられたい。……ケイロニアよりの援軍は？」

「それについては、情勢により変化することでもあり、また、サルデス侯騎士団と、そして白象騎士団、金狼騎士団とがただちに南下の用意をしつつ自由国境手前に待機している状態ゆえ、こんごどのように変化することもありうる――とのことでございましたが」

「かたじけない」

カメロンはゆっくりと頭をさげた。

「それでは、これにて、わたくしは用向きを終わりましたので。……これよりただちに、マルガへ戻らせていただきます」

「いまひとつ、いまひとつだけ、ギールどの。……アルド・ナリス陛下のご容体はいかがであられる？」

「アル・ジェニウスは、現在ゴーラ軍に厳重に警備されつつマルガ離宮に幽閉されておられます」

ギールはむしろ淡々といった。

「それについては、ゴーラ軍によるマルガ占拠当時と、あまり情勢に変化はございませぬ。ただし、陛下のお加減のほうは、むしろややよろしいとのことではございますが、このちイシュタールまでの長旅、しかも数々の戦闘を含めた旅にはとうていお持ちこたえになれそうもございませぬ。……それについては、グイン陛下、リンダ王妃陛下ともどもまことに心配しておられます。それでは、これにて。少々ぶしつけではございますが、この場より、《閉じた空間》を使用させていただきますので」

丁重に頭をさげた次の一瞬。

ギールの黒いすがたは、ふいと空中にとけこむように消滅していた。いくぶん、黒い、人影にも似たものが、しばしのあいだ空中に揺曳していたが、それからそれはあとかたもなく空中に溶けて消えた。

「うわ」

カメロンは低くつぶやいた。

「ルアーのご加護を――だな！　やれやれ！」

それから、深い溜息をついて、地図をのぞきこむ。

「あんな目と耳と口と足を持っているだけでも、相当に情勢は違うと思うのに……」

カメロンは低くつぶやいた。

「まあよくもそうあとからあとから援軍が――しかもそれでもまだ、帝国軍は全部の半分も動いてねえんだと思うとだな！……よくもまあ、あんな国をあいてに、三万きっかりで喧嘩を売る気になれたもんだな、ええ、イシュト！――いくつになっても、いつまでたってもお前ってやつはまったく無茶苦茶で……それに無鉄砲で、あとさき見ずで……それに――」

「閣下」

ブランが心配そうに顔をのぞかせた。

「大丈夫ですか。なんでもケイロニアの使者がどうこうときましたんで……」

「おお、大丈夫だよ」

「あれ、おやじさん」

驚いたようにブランがいった。

「なんだか、いいことでもあったんですかね」

「何でだ。俺のようすが違うか」

「全然、違うじゃありませんか。いきなり、いっぺんにようすが変わりましたよ」

「ああ、まったくな」

ほとんど浮き浮きとカメロンはいった。

「さあ、じゃあ、せっかくだからちょっとばかり、こちらもにぎやかしをしておくか。ブラン、出陣の準備だ。情勢が変わったぞ――国境近くまで、イシュトを迎えにいってやろうぜ。もうじきへこたれて逃げ込んでくるだろうからな。じっさいこれでもうちょっとは賢くなってくれりゃいいんだが！」

「なんですって、おやじさん」

ブランが目を丸くして聞き返そうとした、そのときであった。

「宰相閣下。宰相閣下ッ」

駆け込んできた近習が、青ざめた顔で膝をついた。

「いよいよでございます。──王妃陛下が──王妃陛下が、御陣痛がはじまられて──いよいよ、ご出産でございます！」

3

「む……」

一瞬、カメロンはたじろいだ。出産、というそのなまなましいことばに、ひいたように見えた。

「それは……その、まあ……ご安産をお祈りするほかはあるまいな、俺が行ってさしあげたところで……」

「王妃陛下が、宰相閣下をお呼びになっておられます」

近習は目を血走らせて叫んだ。

「宰相閣下のおいでがあるまでは生まぬ、さもなくば、生まれた子はこの手で殺すと……おっしゃっておいでになりまして……」

「何だと」

カメロンはおもてをやにわにひきしめた。

「わかった。すぐ行く」

またしても、もめごとだ。

その思いに、カメロンの男らしい顔は憂鬱にかげっている。だが、そのなかに、さきほどの使者のもたらした喜びがないまぜになっているので、ケイロニアの使者のくる前、開戦の知らせをきいて落ち込んでいたときほどではなかった。

だが、それとはまったく別の憂鬱――もっと、重たい、べったりと泥をぬりたくられるような憂悶が、カメロンを襲っている。

カメロンは、急ぎ足に、小姓をしたがえて、別棟へむかった。――イシュタールの新都は、イシュトヴァーンが新進気鋭の建築家とさんざんに論議して、最新の設備と様式をととのえ、工夫をこらして建てた建物が幾層にもかさなりあっている。そしてそのあいだに、全体をひきたてるようにいくつもの尖塔が建っている、という構成になっている。

おもだった尖塔と建物とのあいだには回廊がもうけられていたが、そのもっとも奥まったひとつの塔には、下半分にはまったく窓というものがなく、かなり高いその塔の上半分にのみ小さな窓がいくつかもうけられているという、非常に意味ありげなかたちになっていた。

そして、その尖塔の裏口は、そのまま頑丈な壁によって周囲の空間から厳重に区切られて、イシュトヴァーンが日頃すまっている奥殿の裏口に直結している。――だが、その回廊だけではなく、実は本当の通路は地下にある。

この、秘密めかした建物こそ、いまや虜囚にひとしい身の上である、モンゴール大公アムネリス——イシュトヴァーンの名のみの妻、ゴーラ王妃アムネリスが幽閉されている場所であった。

上のほうが一応居室としてさだめられていて、そちらには小さな窓はあるものの、アムネリスが一切モンゴールの残党、モンゴールを再建し、独立させようとする反抗勢力と手をくんだり連絡をとる危険性がないよう、窓の外側にはかなり目のこまかい柵が必ずもうけられ、外壁は決してどのように身のかるいものでものぼったりできぬよう、つるつるの白亜で作られている。中は一応何不自由なく暮らせるよう豪華には整えられていたものの、それはまぎれもない牢獄であり、アムネリスを外界から完全に隔離するための場所であった。

むろん、身のまわりには何も不自由せぬよう、また大勢の侍女たちもはべり、食事にせよ一国の女王としてふさわしいだけの贅をつくすこともゆるされている。だがそれは虜囚であるには違いなかったし、そうである以上、アムネリスの心はいっかな慰むわけもなかった。

思えば数奇な——あまりにも数奇すぎるといってよい彼女の運命ではある。

もともと、新興の大公国モンゴールの公女として生まれ、世継の公子ミアイルが幼く、また生まれついて脆弱であったがゆえに、女の身でありながら公女将軍と呼ばれて兵をひきい、軍を動かし、数々のいくさに出てきた。だが、わずか十八歳のときに父ヴラドの野望から、パロ奇襲の悲劇がおこり、そしてモンゴールはいったんは征服者としてクリスタルの都を支配したものの、あっけなく破れ去り――

そして、その後、一転して父は死に、モンゴールはついえ、亡国の公女となった彼女はクム、オロイ湖畔のアムネリア宮に幽閉される身となった。そしてその幽閉のさなかに、クムのタリオ大公の妾にもされ、女にされ、大公の子息たちに奪いあわれる、亡国の女性の悲劇をもいやというほど味わった。

そこから、救出してくれたのは、イシュトヴァーンである。若き、《赤い街道の盗賊》団の首領であったかれの力によって、アムネリスは首尾よくアムネリア宮を脱出し、そしてイシュトヴァーンを頼ることで、モンゴールの再興もなんとか果たし得た。

だが、彼女が、モンゴールの将軍に任命したイシュトヴァーンとの恋に酔い、幸福に身をゆだね得たのはごくわずかな時間のことでしかなかった――まもなく、イシュトヴァーンの露見した裏切りと、そしてモンゴール大公国の事実上の壊滅――それも、たのみとしていたイシュトヴァーン自身の手による――そして、変転をへて、アムネリスは一生消すこともできぬにくしみと怒りとうらみとを激しく胸中に秘めたまま、強引にアルセイスへと同行させられ、そしてついにはこのせまい牢獄に幽閉される身となった。

だが、そのときには、彼女の腹にはすでに、イシュトヴァーンの子どもが宿っていたのだ。

妊娠期間は彼女にとっては、またとないくらい苦しく、物狂おしくつらいものでしかなかった。長いその胎内で子をみごもり、育ててゆく期間を耐えうるのは、やがては月みちて愛する人とのあいだの愛の結晶をさずかるのだと思えばこそ。――だが、すでに、アムネリスがおのれの胎内でしだいに育ちゆく怪物を自覚したときには、その怪物の父親である良人は、彼女には祖国の仇、二度と許すことのできぬ怨念の相手とさえなりはてていたのだ。

(私ほど、不幸な女がこの世にいるだろうか)

彼女が、そう思いこんだとしても何の不思議があっただろうか。

じっさいに、自由の身であったといえたのは本当にごく短い期間でしかなかった。父も、弟も、愛した侍女のフロリーも、アムネリスが愛したものたちは次々とこの世、あるいは彼女の目の前から去ってゆき、そして彼女は胎内ににくい敵の子をはらんだまま、ひとり敵国に取り残され、祖国はついえ、そしてすべての望みは断たれた。

彼女はまだ若い。彼女の人生はあまりにも早くからはじまったゆえに、それだけの辛酸をなめたあとにも、いまだ彼女は女盛りをきわめる年齢にさえいたってはおらぬのだ。

だが、たてつづく打撃と苦しい愛憎の激動とは、彼女の心に立ち直れぬほどの痛撃を与えすぎていた。もともとが、それほどしなやかにたくましい、打撃に強い心を育てるほどの経験はもたぬままに、十八歳で戦場に押し出されていった彼女であるのだ。

側近のものたちは、アムネリスがおのれを殺してしまうのではないか、あるいはおのれの腹のなかの子を葬ってしまうのではないか、それともあまりの試練のきびしさに狂ってしまいはせぬかと案じ続けていたが、しかし、アムネリスは、そのようなそぶりは見せなかった。イシュトヴァーンとのむなしく苦しい恋愛に激しく翻弄された揚句にたどりついたこのうつろな残酷な牢獄のなかで、アムネリスは、何時間も、何日も、ただ茫然と宙を見つめて過ごし、侍女たちはアムネリスの発狂を疑ったが、やつれはて、食べ物もろくろくとらぬようになった彼女はやがて、おのれのなかでどのように、この終生の憎しみを与えた裏切り者の名のみの良人への復讐を誓ったものか、それとも決着をつけたものか、ほとんど口もきかぬままに、機械的に毎日をその塔のなかで過ごすようになった。

一見は、ほとんど、(ようやく落ち着いた)——とさえ、はたのものには見えていたのだ。彼女はまた、食事をとるようになったし、そのころにはようやく激しかった悪阻も落ち着いた。そして、彼女は、イシュトヴァーンの裏切りを知った当初のように、腹をうちつけてそのなかにいるイシュトヴァーンとおのれとの子供を殺してしまおうとか、そのようなむざんなふるまいも忘れはてたかのように見せなくなっていた。

だからといってイシュトヴァーンへのうらみや憎悪が消えたわけではない、ということは、はたのものにはよくわかっている。イシュトヴァーンの名がうかつにひとの口にのぼるようなことがあれば、それをいったものをぎりっとにらみすえる彼女の目の色のすさまじさに、侍女たちは怯え、アムネリスの怒りと憎悪がいっこうに、とけてもいなければ、やわらいでさえおらぬことを知った。彼女は、一生イシュトヴァーンを許さぬことに決めたようであった。また、こうして、いかに贅を尽くしたとはいいながら、まぎれもない牢獄のなかに閉じこめられて、許すべのあろうはずもなかった。

イシュトヴァーンは、アムネリスがモンゴールの残存勢力と連絡をとり、その残党の精神的な象徴、ないし支えとなって、アムネリス自身はイシュタールに幽閉されたままで、モンゴール国内にゴーラへの反発、謀反の動きが澎湃とおこることを何よりもおそれていた。――はじめは、人望あるカメロンをトーラスにおいて、モンゴールの残務処理と掌握にあたらせようと考えたほどにも、イシュトヴァーンはモンゴール対策については心にかけていた。それも当然であったかもしれぬ。モンゴールは、いまだに――モンゴールそのものも、イシュトヴァーンを許しておらぬ。

かつて、モンゴールの傭兵であり、そして名門の貴族として信望あつかったマルス老伯爵を裏切り、ノスフェラスで悲惨なさいごをとげさせたイシュトヴァーン、パロの双生児を守護してじっさいにはモンゴールへの最大の敵対行動をとっていたことが明らかになったイシュトヴァーン、そして、宰相サイデンを殺し、軍師アリストートスを手にかけ、アルセイスの紅玉宮で血ぬられた裏切りの惨劇の片棒をかつぎ、ユラニア大公ネリイをも殺し、その夫タルーをもついに殺害するにいたったイシュトヴァーン――そして、モンゴール大公アムネリスを妻とし、モンゴール右府将軍の最高位につきながら、もののみごとにモンゴールを裏切り、ゴーラのくびきの下においたイシュトヴァーン。

いまや、モンゴールのすべての国内において、《イシュトヴァーン》は、悪魔と呪いと裏切りとの代名詞になっている、とさえいってよかった。

そしてまた、それを知っているゆえにこそ、イシュトヴァーン自身も、何度もきびしい弾圧を加え、おのれがイシュタールへ戻るために後顧の憂いを断っておこうと、ちょっとでもモンゴール大公国の残党をまとめ、アムネリスをかつぎだしてゴーラへの謀反をたくらむ中核となりそうな人材はかたっぱしから投獄し、殺し、理由もなく処刑しさえした。最も《危険》とみなされた、マルス老伯爵の嫡男、若いマルス伯爵は、しかし、人望もあり、逆に殺害することでいっそうの反発と怒りがモンゴール国内に盛り上がることをおそれて、厳重な見張りのもとに釈放の見込みとてもなく幽閉された。だが、それにもまして、イシュトヴァーンがもっとも恐れたのは、アムネリスの存在であった。

アムネリスはすでに、イシュトヴァーンがトーラスの金蠍宮を占拠した時点で、「お前をもはや夫とは思わぬ」と言い放っていた。だがそのときにはすでに彼女はみごもっていた。それは、アムネリスからみれば、憎いイシュトヴァーンの血をひく、憎いかたきの子であっても、モンゴール国民からみれば、正統のモンゴール大公の血をひく、ヴラド大公家の嫡流である。

むしろ、たとえ父はイシュトヴァーンであろうとも、《アムネリスの子、ヴラドの孫》としてだけ考えれば、その子は充分に、モンゴール国民の忠誠と希望をかけるさいごの対象となりうるだろう。その意味で、アムネリスは、当人の存在のみならず、その胎内の子もろとも、二重の意味で危険であった。それを、イシュトヴァーンはおそれたのだった。

アムネリスをトーラスにおいておくことは論外だった。イシュトヴァーンはトーラスをあとにしてイシュタールへ帰還するために、トーラスの残存勢力の力をそぐべく、かなり残虐で徹底した弾圧を加えていた。それへのモンゴールの反感は、ほとんど爆発寸前なまでに高まっている。アムネリスの存在は、それを一気に頂点へと押し上げる、火種の役割を果たすだろう。

だが、また、処刑したりしようものならいっそうの激情を誘発するであろうし、また、イシュトヴァーン自身にも、これは『彼自身の子』としての、直系のあとつぎ、というものはどうしても必要であった。王国が、王国として機能してゆくためには、それが一代かぎりのものではなくて、ずっと存続してゆく、継承されてゆくものである、ということがはっきりと目にみえるあかしのようなものが必要になる。イシュトヴァーンはもはやアムネリスに対して、夫婦としての愛情などかけらも持ってはいなかったが、彼には、逆にゴーラ王となったいまこそ、「おのれの血筋をひく子供」が必要であった。

それやこれやで、イシュトヴァーンは、アムネリスをトーラスからアルセイスへ強制的に同行し、そしてイシュタールのこの塔が出来るのをまちかねてそちらにアムネリスを移したのだった。そこに入ってしまえば、よほどの運命の再々度の変転、激変がないかぎりは、ここがおのれのさいごの場所、死ぬまで幽閉されなくてはならぬ運命の場所になってしまうだろう、ということはアムネリスにもわかっていた。もはや、モンゴールはついえていた――残党がいかに必死になろうとも、イシュトヴァーンひきいるゴーラ軍がきわめて強力であることだけは否定することができぬ。クムの大公の手から、イシュトヴァーンが彼女を救出したように、こんどはイシュトヴァーンの手から彼女を救出してくれるだけの力のあるものが、そうそういるとは思われぬ。クムのタリオ大公もまたイシュトヴァーンの手にかかって戦死をとげた。イシュトヴァーンは、無慈悲でもあれば残虐な支配者でもあったが、その分、タリオ大公よりも、モンゴール大公よりも、きわめて強力であり、圧倒的な支配を誇っているのだ。

「——こちらでございます」

長い、なぜこのような色に塗り上げたのかとその感覚を疑いたくなるような暗くて濃いえんじ色に壁も天井も床も塗り上げられているためにいっそう暗く感じられる回廊を小姓にせきたてられて急ぎながら、ゴーラ宰相カメロンが考えていたのは、その、アムネリスの数奇な運命についてであった。

妊娠のまだ初期にそのような激しい運命の激変をむかえて、女性としてもっとも幸福なるべき時期に地獄の底までも突き落とされたかっこうになったアムネリス——だが、最初のうちこそ、おのれの運命をのろい、塔から身を投げようとしたり、食事をとらなくなったりしてあやぶまれる行動の多かったものの、そのうちに何を考えたものか、ぴたりとそういう自傷的、自滅的な行動をとらなくなった。だがそれは、アムネリスの気性や性格をよく知っているカメロンには、かえって不吉な感じをおこさせていた。

(何を……考えているんだろう、彼女は……)

カメロンは、アムネリスには、妙に信頼されている。

だがそれも、この牢獄に引き移らされてからは、ぷつっとたえたように音信がなくなった。アムネリスは一切外界との交渉を、自ら断ち切ってしまったかのようであった。

またカメロンもそれならばそれで、あまりにも多忙な日常である。決定的に人材の少ない新興のゴーラでは、カメロンのように、経験も豊富でその上人望があって、しかもすべてを統率する立場にあるものが何もかも引き受けなくてはならなくなってしまう。アムネリスについてはあまりかまけているいとまもないうちに、あとからあとから問題は山積し、そしてイシュトヴァーンの出兵となったのだ。むしろ、イシュトヴァーンが出兵してからのほうが、多少は時間が出来たかもしれぬが、カメロンはもうあまり、アムネリスのことにかかわりたくなかった。

（なんで、こんな色にしやがったんだろう。……まるで——なんだか、産道みたいじゃないか。……平和で明るいこの世にではなく、暗くて悲しみと苦しみに満ちた、呪われた地獄の世に生まれおちるための呪われた産道……）

カメロンはちょっとぞっとして、おのれのそのような連想をふりはらった。

地下の回廊を急ぎ足にかけぬけ、ようやく塔の地下に入ると、そこは陰気な、じめじめした感じの地下室になっており、そこからさらにらせん階段をいくつか上がってようやく地上の部分に出る。すでに、侍女たちが、手をこまねいて一階の吹き抜けに立って、おろおろしながらカメロンを待っていた。

「宰相閣下！　お待ち申し上げておりました」

年かさの侍女がわっと泣きながらカメロンに飛びついてくる。たしなみさえ忘れてしまうほどに動転しているらしい。

「どうしたらよろしいのでございましょうか。どうしたら、アムネリスさまをお救いできるのでございましょうか！」

それでは、だが、彼女も何人かは、本当にいまだに心から忠誠を誓っている――それがどのていどのものかはカメロンにはわからなかったが――人間を周囲に持っているわけだ――いささか皮肉に考えながら、カメロンは侍女を落ち着かせた。

「どうした、陛下は、なにか特に具合のお悪いことでもあるのか。このたびのご出産にさいして、何か格別の問題点でもあるのか」

「ああ、アムネリスさまが――姫さまが死んでしまわれます！　あのかたは、誰も――誰ひとり、産室に近づけようとなさらないんです！」

もっとも年かさらしい侍女が、両手をもみしぼりながら声をはなって泣き出した。カメロンは眉をしかめた。

「誰も産室に近づけようとせぬ？　産婆は？　医師の先生は？」

「誰であれ一歩でも産室に入ろうとするならば、その場で舌を嚙みきって果てる……と、そのようにおっしゃっておられます」

もうちょっと若い侍女が、泣きながら云った。

「わたくしたちをも、ここからいますぐ出てゆけと……そのようなことは出来ませぬと申し上げますと、ものをいろいろ投げつけられてまでおたかぶりなされますので、あまりにたかぶられては、お産をひかえたおからだによろしくなかろうと、ともかくもいったん外に出ましたが……そうしたら、おへやに内側からカギをかけられて……」

こんどはまだずいぶん若い侍女が声をあげて泣き出した。あたりはてんでに泣きじゃくる女たちの声でいっぱいになった。

「あのままでは……どうなってしまうことか、ああ、カメロンさま。宰相閣下、どうか、あのかたをお救い下さい！　お助け下さいませ！」

「姫さまに、産婆と医師だけでも、産室に入ることをお許しをたまわるよう、おっしゃって下さいませ！　姫さまは、カメロンさまを好いておられます。カメロンさまのおことばなら、きっとおききになるのではないかと……」

姫さま、とアムネリスを呼ぶところからすると、この年かさの侍女は、はるばるトーラスからついてきた、長年彼女と苦楽をともにしてきたモンゴールの女なのだろうと察せられた。それはもういくらも残っていない——モンゴール生まれのものがいて、残党と気脈を通じる連絡係になることを恐れたイシュトヴァーンが、ごくわずかを除いて、あとはみな、新しい、おのれの公募したユラニアの女をアムネリスの身辺の面倒をみる侍女として入れかえてしまったからだ。残ることが許されたのは、アムネリスをあまりにも過度に絶望させても、という必死の懇願で選ばれたごく少数のものだったはずだった。

「しかし……しかし、そういわれても、俺は産室に近づくのもはばかりがあるし……まあ、いい、ともあれ近くまでは——産室はどちらに？」

「四階のひとへやを姫さまがここを用意するようと命じられましたので……」

最年長の女がすすり泣きながらいった。

「みな、姫さまのおっしゃるとおりにいたしました。……そうしなければ、舌をかむとおおせられますものですから。……姫さまは、ああ、なんということでしょう。姫さまは、まさかおひとりで赤ちゃんをお生みになるおつもりでは……」

「そんなこと、できるはずがないわ」

宰相の前だ、ということさえも忘れてしまったかのように、若い侍女が悲痛な声をふりしぼった。

「そんなことをしたら死んでしまう。ああ、どうしよう、アムネリスさまが、アムネリスさまが……」

「静かにするのよ、メア」

きびしく、年かさの女がいった。さすがに涙をぬぐって、おのれをおさえると、訴えるようにカメロンを見上げる。

「どうしたらよろしゅうございましょうか？　ともあれ、姫さまが、カメロンさまをお連れするように、それまでは子は生まぬ、もしカメロンさまのおいでなくば、生まれてもその子はこの手で殺してしまうと……」

恐ろしそうに、侍女は身をふるわせた。

「そうでなくても、私はそうしたくてそうしたくて、たまらぬのだからな、アイラニア──あのかたは、そうおっしゃったのでございます。恐しい目でわたくしをごらんになりながら、まるで──まるで悪鬼が乗り移りでもしたかのように」

「いえ、アムネリスさまには、きっと何かが乗り移ってしまったんだわ。お産の邪魔をするという悪霊ガーが乗り移ってしまったんだわ」

悲鳴のような声でメアが叫んだ。アイラニアはきびしくそれをとめた。

「カメロンさま。ともかく、上においでになって下さいまし。扉ごしにでもかまいませぬゆえ、カメロンさまがおいでになったとすぐにも……あのかたにお知らせしなくては……」

「なんてことだ」

カメロンは唇をかみしめた。ほかにどう云ってよいか、わからなかったのだ。

「わかった。すぐ」

侍女たちにおしつつまれるようにして、カメロンはそのまま、四階までの狭い、ぐるぐるとまわっている階段をのぼっていった。

狭い塔のなかの通例として、この塔でも、階段は建物のまんなかをぐるぐると螺旋状に上っており、そしてその周囲にいくつかの部屋が円筒状にくっついているようなこしらえになっている。一番上は確か六階、かなり広い室になっていて、そこがアムネリスの寝室になっていたはずだ。だがアムネリスはまだ窓があまりなくてほとんど陽光もさしこんでこない四階の一室を、おのれの出産の場所に選んだようだった。

三階にさしかかったあたりから、すでに、するどい、つんざくような悲鳴が、カメロンと侍女たちの耳を突き刺した。侍女たちの泣き声がいっそう高くなった。

4

「ああ、どうしよう……アムネリスさまは、苦しんでいらっしゃるんだわ。きっと、もうそろそろ……陣痛が……」

また、若い侍女のメアが泣き出す。カメロンは唸った。

「すまんが、ちょっと静かにしていてくれ。ここでお前たちが泣いていたところで何もはじまらん。……ここか、産室は」

「は、はい」

さすがに年長のアイラニアはなんとか気持をとりとめようとしながらうなづく。気のせいか、四階にのぼってきたとたんに、つよい熱い血のにおいがそのあたりにたちこめているような印象がカメロンをとらえた。悲鳴はいっそう激しく、強く、するどくなっていた。

獣のような――苦悶をおしころしかねたするどい悲鳴。それは、いかにも苦痛の波がやってきたり、ちょっとゆるやかになったりするようすを示すかのように、ちょっと低くなってうめき声になったり、いきなりつんざくような絶叫に高まったりする。それのまっただなかにいて、ただ扉の向こうのその声をきいていることは、なんともひとを落ち着かぬ気持ちにさせるものであった。

四階の奥の扉のまわりに、さらに数人の侍女たちが声をあげて泣きながら、アムネリスに扉をあけるよう説得しようとしていた。アイラニアは彼女たちを押しのけた。

「さあ、どいて、カメロンさまがおみえになったと申し上げたら、お心を変えて下さるかもしれないのだから」

「は、はい。女官長さま」

「お前たちは、いつでもお医者さまをお通しできるよう……それと産婆さんとね、お湯ややわらかな布や、お医者さまの用意しろとおっしゃるものは用意してあるのね」

「はい、でも、それはみんなこの産室のなかに……お湯はきっともう、さめてしまっておりますわ、ああ、それに……」

「いいから、ちょっとそこをおどきなさい。カメロンさま、どうか、姫さまにお声をかけてあげて下さいまし」

「ああ」

カメロンは、つんざくような声を気にしながら、そのぴったりととざされた扉に歩み寄った。

女しかおらぬこの塔の内部の空気が、なんとも、カメロンを落ち着かぬ気分にさせていたし、それに、ひっきりなしにおこる悲鳴と絶叫、うめき声は女たちを浮き足立たせ、逆上させていたが、カメロンにもまったく影響を与えないというわけにはゆかなかった。戦場でならば、どのような断末魔の苦悶も、凄惨な情景も見慣れてはいたが、それとこれとはまるで違っていた。それはなんとも落ち着かぬ不安でいたたまらぬ気分にカメロンをいざなった。

（くそ、こんなことが……前にもあったような……おお、そうだ。タヴィアがマリニアを生んだときだな……）

だが、それとこれとはなんとあまりにもすべてが異なっているのだろう。

周囲のすべての人から祝福され、おのれの力と勇気で勝利をかちとり、深く愛する夫とのあいだのはじめての子供を守り抜こうとたたかった誇りにみちて、その子をこの世に生み出した直後の、タヴィアの光り輝くほどにも美しく清らかだったすがたを、カメロンはふしぎな、なんともいわれぬ思いで思い出していた。

（女というのは……なんと、ふしぎな……そしてあまりにも数奇な運命に翻弄されるものなのだろうな……同じ女でありながら、なんという……違いだろう。……幸せな女と、不幸な女と……愛と母になる喜びと誇りに包まれて母となる女と……憎しみと闇と苦悶にとざされて母になられようとしている女と……）

そのようなことを考えるのはおのれの柄でもないか——と、カメロンは首をふり、扉に歩み寄って、するどく声をかけた。

「アムネリスさま。……アムネリスさま」

ヒーッと苦しげに尾をひいていた悲鳴が、ちょっとだけ、やんだ。

それに力を得て、再びカメロンは声をかけた。

「アムネリスさま。……カメロンでございます。カメロン宰相でございます。……お呼びになられましたか。もはやご出産間近とうけたまわっております。すでに医師も産婆も待機しておるとのこと、そのままではおからだにもさわりがございましょう……すぐ、この戸をおあけあって、せめて産婆だけなりとも、室内へ……」

「ヒイイーッ！　アアア、アウウウッ！」

凄惨ないきなり高まった悲鳴がそのいらえであった。扉が開くようすはかけらほどもない。

（どういうつもりだ……）

カメロンはしまったままの扉をにらみすえた。中から、ひときわ苦悶の高まったような絶叫が続いている。女官たちが耳をおさえ、たがいに抱き合い、おそろしげに目をつぶって涙にくれている。

この塔の内部全体が、あの濃いえんじ色に塗られているらしい。それは、ひどく、またしてもカメロンを異様な連想にいざないこんだ。

(なんだって、こんな色を選びやがったんだろう、あの建築家だか……誰だか知らねえが……まるで……まるでなんだか、内臓のなかに迷いこんでしまったような感じがするじゃねえか……くらくらする……)

それが、いっそう、血なまぐさいような感じをおこさせるのかもしれぬ。

アムネリスのするどい悲鳴は続いている。まるで、そのかたく扉のとざされた室のなかで、誰かがいままさに責め殺されようとでもしているかのようだ。

カメロンは、いきなりあいて中に踏み込んでしまうようなことのないように気をつけつつ、そっと扉のとってをひっぱってみた。だが、侍女たちの訴えるとおり、それは中からどうやらかたくおさえつけられているか、カギがかかっているようだった。

悲鳴はだんだん高まってゆく。侍女たちは耳をふさぎ、身をよじって、むしろ彼女たちのほうが激しく苦悶してでもいるかのようだ。

しだいに悲鳴の間隔そのものが、せばまっているような感じがカメロンはした。同時に、悲鳴の激しさも増してくる。ずっと、その、つんざくような悲鳴をきいていることが、頭をくらくらさせ、まともにものを考えられなくさせる。思考能力を殺してしまうかのようなすさまじい苦悶の声だ。

(あんなに……苦しんで、子を生むのか、女は……すべての女とは、そうするものなのか。どのように愛情深く仲むつまじいあいてとのあいだに子をなして、そしてその子の生まれるのを喜び迎えた女も、この苦しみ、凄惨きわまりないこの出産の苦痛を経てでなくては母になれないものなのか。……この世に、母から生まれてきたのでない人間はいない。……ということは、ここにこうして存在しているかぎり——俺も、またこの世にあるすべての人間はおのが母にこのくるしみを味あわせて、そうしてこの世界に生まれ落ちてきたということなのか……)

(イシュトも……アムネリス本人も、俺もまた……)

(グインは……どうなのだろう。あれは……本当にそういう、世のつねの人と同じ生まれかたをしたのだろうか)

それだけはわからない。そうなのだとしたら彼を生んだ親というのは豹頭であったのかないのか、それともあの豹頭は後天的なものなのか。そう考えると、いっそうグイン、という存在だけが、ひとの世のさだめ、人間である、ひとの子であるということの苦しみや業をまぬかれた、高くひとり清いものにさえ思われてくる。

(こんな、苦しまなくてはならないものならば……俺にはやはり、とうてい——愛する女がいたとしても、それを……こんなに辛い思いをさせてまで、おのれのあととりを欲しいと思うことは出来んかもしれん——)

あえて耳をおおうそぶりもせず、突っ立って扉の前でその絶叫にまで高まってゆく苦悶の声に耳をかたむけながら、カメロンは思っている。

(イシュトに……もしもイシュトに、このアムネリスの苦しみの声をきかせてやれたら……何かがかわるのだろうか？　そしてまた、イシュトに、お前もまた、母を……チチアの酒場女をこのように苦しませてこの世に生まれてきたのだぞと——母親はこの苦しみに少なくともたえてくれたのだぞと言い聞かせたら……何かがかわるだろうか……それとも、それでさえ、もうすべては遅すぎるのか？)

まるで、たてつづくするどい悲鳴をきかぬための慰藉をもとめるかのように、カメロンはその思い——イシュトヴァーンの上に向かってゆく思いにすがりついている。

(イシュト——アムネリスにこの苦しみをさせているのは、お前なんだぞ……それと知っても、お前の心は痛まないのか。ゆらがないのか——お前の心はもう、悔いることも、悲しむことも——ひとを思いやることも忘れてしまったのか？)

(そんなはずはない……俺は、まだ、望みを失ったとは思いたくない。お前のなかにはまだ、あの俺の愛したイシュトが残っているはずだ。もう、どれほどかたちをかえ、すがたを変えてしまってはいても、それでも、どこかになお、ひっそりと身をひそめて……)

それは、これだけの所業をかさねたイシュトヴァーンにとってはかえってあまりにもつらいことになってしまうかもしれぬ。その、本来の——若かったあのみずみずしいおのれの心にたちかえるようなことになってしまったらだ。もしも、そうなったら、これまでにおのれのかさねてきた裏切りと虐殺、戦闘につぐ戦闘と凄惨な処刑、その血なまぐさい殺戮の連続は、あまりにもむごたらしいものにイシュトヴァーンの心をつきさし、正気であることさえ不可能にさせてしまいはせぬか、とカメロンはおそれる。

だが、一方ではまた、

(もしも……いま、本性に立ち返ることができなかったら、もう手遅れになってしまうかもしれない。すべては……そしてもう……)

このあとはただもう、この世の悪魔と呼ばれ、ひとびとにおそれられ、おのれのしてきたことを正視できぬがゆえに目をそらしてかたくなに心をよろって生きてゆくしかなくなってしまうのではないか。そのはるかに激しく深いおそれがカメロンをとらえてもいる。

(イシュト——俺が、幼い日からあれほど愛してきたお前……俺のあととりと、女にこうして愛によって結びつき、苦しみのはてに俺の子を生ませるようなことはおそらくもう一生ないだろうと早いうちに思った俺が、おのれのあととりはお前しかないと思い決めていたお前……そのお前は、これからさき——どうなってしまうのだろう。どこへいってしまうのだろう……こんな、血なまぐさい所業をかさね……俺がこの世に至高の男とたのむ二人の友のどちらをも敵にまわし……いつか、俺でも庇いきれなくなるときがきたら……お前をあれほど夜ごとにうなされ、悪夢に怯えさせているお前の過去の所業がすべてお前にふりかかってくるときがきたら……)

「ヒイーッ！　アアア！　アーッ、アーッ、アーッ！」

つんざくような声がいちだんと高まって、カメロンの思考を引き裂いた。

(くそ……)

「アムネリスさま！」

「姫さま、姫さまァァ！」

侍女たちの泣き声もひときわたかまっている。まるで、そのアムネリスの苦しみの悲鳴をききたくないがために、いっそう声をはりあげて負けじと叫んでいるかのようだ。

ひどく、おのれひとりがこの血の色の塔のなかにあって、異質なものである——という思いもまたカメロンの心をとらえた。ここにいるのは、女子供ばかりなのだ。苦悶をこらえるために歯を食いしばることも、その必要もない女たちばかり。

その、ときであった。

「アアアアアッ！」

ひときわ、ただごとならぬ苦しみの絶叫がつんざいたかと思うと——

ふいに、はた、と、声がやんだ。

「姫さまっ！」

侍女たちのほうはなおも必死に叫んでいる。

「姫さまっ！　姫さまっ！」

「待って……し、静かに！」

侍女たちをとめたのは、女官長のアイラニアであった。

「な、なに……あの声は……！」

ぎゃあ、と——

一声、つんざくような——だがアムネリスの悲鳴とはまったく異質な声が、確かに、悲鳴のとまった室のなかからきこえてきたのだ。

「あれ……あれは……」

「な……何か、猫《ミャオ》でも……啼いているのかしら……」

「ばかなことをいわないで。こんなところに猫がいてたまるものですか……ああ、でも——」

もう、間違いはなかった。

ほぎゃあ、ほぎゃあ、ほぎゃあ——

弱々しい、だがしだいに力強くなってゆく声がきこえている。

「う——うぶ声だわ！　赤ちゃんのうぶ声だわ！」

「生まれた！　お生まれになったのよ、姫さまの赤ちゃんが！」

「ま、まさか、おひとりでとうとう……あのかたは、誰にも、産婆にも、医師にもみとられずに……」

「で、でも……」

「カメロン」

するどい、はっきりとした、よくとおる声が、扉の内側から呼んだ。

「は——はい」

「カメロン宰相。そこにいてか」

「はい……わたくしは、ここに」

「宰相のみ、中に入ってくれるよう。——他の女子どもは決して入れてはならぬ。……もしも一人でも余分に入ってくるようなら、この場でこの赤児は私が手にかけて殺すとそのように命じてくれぬか」

「かしこまりました……」

なんと、情のこわい——

その、ぞっと背筋の冷たくなるような思いがカメロンをとらえた。

情がこわい、というものではない。……それよりもむしろ、もう、アムネリスの心そのものがこおりつき、それはこの出産でさえ、いやすことも、とかすこともできぬものになってしまっていたのだ、ということなのだ。

「カメロンさま！」

「いいから、もう、騒ぐな」

カメロンは眉をよせた。

「陛下はご無事で、出産されたお子さまも無事だ。確かにあまり例のない出産であったかもしれないが、母子ともにご無事ならもう何も騒ぐことはないだろう。ここで待っていてくれ。陛下はこのカメロンのみに入ってくるようにといっておられる」

「は、はい」

カメロンの威厳にけおされたように女官たちが黙り込む。カメロンは、そっと扉をおしてみた。すると、さきほどは確かに固くとざされていたのが、嘘のように、扉はひらいた。

「カメロン。入ってきて、そして錠をおろしてたもれ」

室のなかから声がした。カメロンは入ってゆき、うしろ手に扉をしめた。いきなりつよい熱い血のにおいが鼻をうつ——そして、室のなかはひどく暗い。奥の寝台とおぼしきもののまわりに小さなろうそくが一本たててあるだけだ。だが、暗闇に目を慣らしてゆくと、カメロンには、扉から長いひもが寝台のほうへ垂れ下がっていて、それを引っ張ればかけがねがはずれるように——寝台にいたまま、カギをあけられるように工夫してあったのだということがわかった。

「男のそのほうに、このような場所へ入らせること、許してたもれ」

アムネリスの声は、明らかに、叫び続けたゆえだろう、かすれて、つぶれて苦しげだったが、しかし、声の調子そのものは、むしろカメロンがぞっとするほどに、平静で、そして無感動だった。すべての感動がもう、死に絶えてしまい、それは出産という、女性として最大の事業を無事になしとげたことでも何ひとつゆるがすことはもうできなかったというかのように。

「おからだは……いかがでございましたか……」

「このまま、産み落とした子をくびり殺し、用意の短刀でおのが胸を突いて死したものかどうかと、ずっと迷っていた」

アムネリスは、暗がりに身をよこたえたまま、激さぬ声でいった。カメロンはぞっと身をふるわせた。

「アムネリスさま……」

「呪われた子」

アムネリスの声は、老婆のようにしわがれている。

「なぜ、このようなむごい運命《さだめ》のもとに生まれてきてしまったのか。――それを思うと、私とても、心が痛まぬものではない。この子供そのものには、何の罪とががあろうか。……すべての罪とがは、この子をわらわにはらませた男にあるもの、この子にではない」

「は——は……」

「だが、それでも……ひとの身の心弱さ、この子を……すべての恩讐をこえて愛することは、私にはできぬ」

「……」

「いま、私がいうほどのことをすべてそのほうに告げたら……この子をただちに受け取って、外に連れていってくれるがいい、カメロン。……そして、そのほうが育ててくれるなり、あるいはどこぞに投げ捨てるも自由」

「何を——何をおっしゃいますか……」

「モンゴール大公家の血と、あの男の忌まわしい呪われた血をひいた、悪魔の子」

アムネリスは冷ややかにいった。

「ここにおくことは出来ぬと思うがいい。……いや、おいてもかまわぬ。さすれば、私が育てようからな。そうすればこの子は、あの悪魔へのつきせぬうらみを母によって吹き込まれ——いずれは必ず、父を斃す、それだけを目的として育つ子になろう。それも考えた」

「アムネリスさま……」

「そのほうにこのようにいうのはむしろ、私のさいごの慈悲、母としてこの子にしてやるただひとつのなさけ——おのれがどれほど呪われた生まれつきか知り、母の一生の悲願は父を斃すことなりと知らば、その子はあまりにも不幸ならざるを得まい。——なお許す気にはなれぬ、許すこともできぬ、なれど、そのほうが連れ去って育ててくれる分には、この子はそれが幸せであろう」

「アムネリスさま……」

「あの悪魔が、この子を、おのが子として……ゴーラの世継の王子としていつくしめるものやは知らぬ。あの男には、かけらほども、ひとをまことに愛しはぐくむの真実もなければ情愛もあるまい。いずれにせよこの子は運命の子、幸せにはなるまい。それを思えばまことは、いまこの産褥で、母の手にかけて殺してやるのこそがなさけと……そうも思うていた。だが……このような呪われた出産であってさえ……産み落としてみさえすれば、乳房が張って、漲《みなぎ》ってくる……わが子いとしと思うけだものの母のこころが芽生えてくる——まこと、ひととは、あまりにも、哀しいものよの、カメロン」

「は……はあ……」

「それゆえ……産み落としてその場で殺そうとかたく決意していたにもかかわらず——この子は、そのほうに連れていってもらいたい、カメロン。そしてもう、二度とは私はその子に会わぬ。……そのほうがよい、そのほうが、このような呪われた母と子にはふさわしい。……ただ、ひとつ」

「……」

「頼みをきいてほしくて、そのほうを呼び寄せた。……これだけは、たとえあの男がどのように何をいうたところで通させてもらいたい。……そのほうのなさけにすがって……頼み込みたい。……いや、だが、あの悪魔には、それほどの関心もおそらく、おのが血筋に対してありはすまいと私は思うているが」

「……」

「この子には……すでに、わらわが名をつけた」

アムネリスの目が、暗がりのなかに、妖しく青く、鬼火のように光った。

翠がかったその青だけが、かつてのあの──颯爽とノスフェラスの砂漠に立ち、そしてまた中原の花、大輪のアムネリアとうたわれた、あでやかなりし光の公女をほのかにしのばせた。とはいえ、カメロンには、その当時の、まだ少女であったあどけない彼女を知るすべはなかったのだが。

「その名だけは、たとえあの男がなんといおうと、かならずや、かならずや守り通してやってほしい。それだけが、わらわの頼みだ、カメロン。………きいてやってたもらぬか」

「それは……お母上様であられるからには、吾子《あこ》さまのお名前をつけられる権利は当然おもちならんかと……」

カメロンはなんとなく不吉なものを感じていくぶん口ごもりながらいった。

「して……そのお名とは、どのような……」

「ドリアン」

答えは短く、そして、あまりにもきびしかった。

「ドリアン――そ、それは……」

「悪魔の子。……この名だけは、譲らぬ。……悪魔が私を犯して生ませた子、その悪魔の名を生涯にわたって刻印されるがよい。……これだけは、守ってたも。わらわのいのちにかえての願いと」

「は……しかし……それは……」

「頼んだぞ。カメロン。……わらわの一生――愚にも付かぬ……何ひとつ生み出し得ぬものであった。……それがいま、ただひとつおのれのいのちにかえて生み出したものがこれと思わば――わが身のさだめの不思議、むごさに何ももはや……ことばとてもない。懐かしいのは……懐かしまれてならぬのはただ、あの遠いトーラスの金蠍宮、何も知らなかった幼い日々……ものごころついてからは、ひたすら私の日々は……辛く、哀しいものでしかなかった……」

「アムネリスさま」

何か、異様なものを感じて――

カメロンは、一歩、動きだそうとした。するどい声がとめた。

「動くな。まだ、動かば、吾子を——ドリアンを殺すかもしれぬぞ。出産したばかりの動物は気がたっていると申すゆえな」

低いしわがれた笑い声が、カメロンの耳をうった。

「アムネリスさま！」

「下らぬ一生であった。……一人の男の真実の愛さえ、得ることができなかった。中原の美女、光の公女などともてはやされながら——しんじつ愛してくれる男ひとりさえ、私は得ることがなかった。……私の何が間違っていたのか……だがいまはもう何もかもどうでもよい。私は、父上とミアイルのところへゆく」

「アムネリスさまッ！」

カメロンははっとなった。寝台の奥のほうでかすかに何かが動き出す気配があり、何かをさがし、とりあげる気配がした。ほぎゃあ、と赤ん坊が弱々しく泣いた。

アムネリスの口調がかわった。その声は暗闇のなかで、ふいに、いうにいわれぬ悲しみのひびきを帯びた——

第二話　マルガ撤兵

1

「さいごにもしも……もしもせめて……私があなたを思っていたとでもいうことができれば――まだしも救われたやもしれぬなれど……それでも、それでも……さいごにことばをかわすのがあなたで……私は嬉しい。何もない一生だった。何もない……女として、あまりにもつらく苦しい……でももういい、何もかも夢のようだから……カメロン」

「アムネ……さま――」

「あなたは……あなたはちょっとだけ、私のことも……いとおしいと思ってくれはしなかった？……ほんのちょっとでも……それとも私はどんな男にも、本当には決して愛されない女だったのかしら……だったらあまりにも哀しいわね。あまりにも……でももういい……」

「アムネリスさまッ！」

カメロンは硬直した。このまま飛び込んだほうがよいのか、動いては危ないのか、暗がりのなかに、じっさいにはアムネリスがどうしているのか——目をこらしても、ベッドの天蓋が重たく垂れていて、その奥の闇を見透かすことはいまひとつできぬ。まして、そこには生まれたばかりの赤ん坊が、アムネリスのかたわらに寝かされているのだ。

「ねえ、それも……それも私の下らぬ甘えかしらね……でもいまになって何をいったところではじまらない……私は、あなたが好きだったわ、カメロン……だからといって、身を投げ出してあなたに私を救ってくれと迫るほどの勇気もなければ……確信もなかったけれど……でもいまこうして……死んでゆこうといういまになって、せめてさいごに……少しでも女として……ほんのちょっとでも何か……ああでも、もうそれも夢……」

「アムネリスさまッ！　御短慮あそばしますな、御短慮を！」

「あなたは……あの男を……イシュトヴァーンを……愛しているの？　それはどういう愛だったの？——私も愛していると思っていたわ……あのころだけだった、ちょっとでも幸せだったのは……ナリスさまも私を裏切った。小さいミアイルはナリスさまの送り込んだ暗殺者のために殺された……私が何も知らずにはじめての恋におぼれていたときに。……そして、イシュトヴァーンは……私がただひとり、良人と呼んだ男はいつもずっと私を裏切っていた……あなたも、私を裏切っていた、カメロン？　あなたとイシュトヴァーンは一緒になって私を嘲笑っていたの？」

「何を――何をおっしゃいますか。何を……」

「私はそれほど何の値打ちも――愛されるための何ひとつ値打ちもない女だったのかしら。……町のどんなにちっぽけな貧しい女だって、不細工な醜い女だって、それなりに男に愛されて子を生み、育て、女としての幸せな一生を送って死んでゆくものはいくらもいるというのに――私は……タリオ大公も……タルーも、ナリスさまも、イシュトヴァーンも――みな、一国の支配者たちでありながら、私を抱いた男たちはみな……私を裏切り、私をどん底につきおとすことしかしない、ろくでなしでしかなかった……」

「アムネリスさま……」

「あなたは違うような気がずっとしていたのだけれど……でももうそれもどうでもいいわ。ドリアンを……よろしくね、カメロン。この子には罪はないわ……私もう疲れた。うらむことにも、憎むことにも……愛することにも、憎んでしかもひかれていたり……すべてのことに私はもう、疲れてしまったの。本当に、疲れはててしまったのだわ……」

「アムネリス……さまっ……」

「これがイシュトヴァーンへのせめてもの私の復讐だわ……本当は子供ともども連れていってやろうと……思っていたんだけれど……なんてばかなのだろう。私はいまになってもしかしたら、あのひとを……好きなのかもしれない。なんてばかな……なんてばかなアムネリス……」

「……」

「ねえ、カメロンさま……あなたは……私のことを……ちょっとは……美しいと思っていてくれた？……ちょっとは、いとおしいと……」

「アムネリスさまっ！」

カメロンははっとなった。

ふいに奇妙な、こもったうめきとともに声がとぎれた。カメロンは危険を直感した。やにわに彼は血のにおいにみちた、暗い寝台に駆け寄って、蠟燭をつかみとった。ともかくも、この闇のなかでは動きもとれぬ。

だが、蠟燭のあかりをさしつけ、ぐいと一気に天蓋をおしひらいたまま、カメロンは絶句した。

「アムネリス……さま……」

アムネリスは、ふかぶかと、はだけた胸に、柄もとまで、短剣を、ゆたかな左の乳房の下にさしとおしていた。かたわらに、生まれたばかりの赤児が寝かされていた。その声は、生まれたばかりのときには元気よかったものが、そのまま放置され、しだいに小さく、かよわくなっているようにきこえる。へその緒はその短剣で切ったらしく、布団の上は血まみれだった。

「ばかな女……」

アムネリスは、まだ生きていた。

紙よりも白くなった唇で、かろうじて、かすかに笑ってみせた。カメロンは蠟燭をおき、アムネリスを抱き起こした。

「アムネリスさま……あなたは、何をなさったんです……何ということを……」

「いいのよ」

アムネリスは激しく肩で息をしながらかすかにほほえんだ。もう、その輝かしい緑色の瞳は何をも——カメロンをもうつしていないようにみえた。

「お産でいっそ、死んでしまえたらもう二度と苦しむこともないんだわとずっと思い詰めていたの。……だけど……私は、まだ若く元気で……死ぬことも出来そうもないと思った……もう、何もかも疲れてしまった……ただ、もう……憎むことも、うらむことも……愛するのも……疲れて……もう……」

「アムネリスさま……」

カメロンは、しっかりとおのれの胸にささった短剣の柄をにぎりしめている、アムネリスの手をその上からそっと包み込んだ。

「ばかなことを……生きてさえおられれば、必ず……どんなよいこともありましたものを……たくさんの若者が……もっと生きていたいと……願いながら戦場や産褥に倒れてゆきましたものを……お子を得て……すべてを変えてゆくことだってお出来になったでしょうに、あなたは……」

「いいの……私は、ばかなの」

アムネリスはかすかにまた笑った。その青ざめたくちびるに、ほのかに、かつての凜凜しい驕慢な美少女のおもかげがかえってくるのを、カメロンは茫然と眺めていた。

「もっとうんとばかだったら……もっとよかった……それだったら、たとえ……祖国をほろぼされても……どれだけ踏みにじられても……それでも私、まだイシュトヴァーンを……愛していた……許せなかった……国をほろぼした……男を、憎むこともできなく……私が憎んだのは……私の……国をほろぼしたからじゃなかったの。……私は……私は、フロリーを抱いた……あのひとの……裏切りだけが……憎かった、憎くて……心がはりさけ……て……カメロン、あのひと……ちょっとだけでも……私が……死んだら……ほんのちょっとだけ……でも……悲しんで……」

ことばがとぎれた。

カメロンは、アムネリスの唇から、血の泡がしたたりおちてくるのを凝視していた。そのまま、アムネリスの輝かしい緑色の目はとざされ――

アムネリスは、ことされていた。

カメロンは、自分でも思いがけないほどの悲しみに、声もなくあふれてくる涙を遠く感じながら、死んだ《光の公女》を見つめていた。それから、つと、手をのばし、おのれのしていることをおそれるかのように、いまなお輝かしい金色の髪の毛をそっとなでた。それから、そっと、彼女を寝台の上に寝かせてやり、ためらいがちにその手をつかんでかたく刺し通された短剣を胸から抜き取った。たちまち血があふれてくる。その短剣を、カメロンはおのれのベルトに差し込んだ。そして布団を死骸の胸の上までそっとかぶせた。見かけは、すでに、アムネリスは、寝台に横たわってやすらかに眠っているように見えた。青ざめてはいたが、ようやく彼女の震え続けていた魂はやすらぎを得たかのように、その死に顔は和やかにさえなっている。彼は、それを、万感をこめてじっと見つめた。

それから、彼は、弱々しくかすかに泣いている赤子をそっと抱き上げた。うぶ湯さえもつかわされていない赤ん坊は、血まみれで、あまりにも小さく、かよわかった。たちまちのうちにカメロンの手は血にまみれた。

（ドリアン……）

「ドリアン王子さま……」

カメロンは低くつぶやいた。

「なんという……運命とひきかえにあなたは……この世へやって来られたことだ……」

赤児はもう、精根尽き果てたかのようにかすかにぜい鳴のような声をあげているばかりだ。早くうぶ湯をつかわせ、それよりも、一刻も早く乳を吸わせてやらねばならぬのだろう。裸のままの血まみれの赤ん坊は、《悪魔の子》というおぞましい名を、出産と同時にいのちを絶った母に与えられたとも知るすべもなく、カメロンの手のなかに、かぎりなく小さくかよわくうごめいている。

（なんということだ……）

カメロンは、黙って、アムネリスの青ざめた死に顔に最後の一瞥をくれた。

それから、そっと赤児をいったん母の死骸のかたわらにおき、布団の掛け布の一部を引き裂きとって、それで赤児をまた抱き上げてそっとくるんだ。それを壊れ物のようにかかえて、カメロンは重い足取りで暗闇の室を出た。

「宰相様っ！」

「騒ぐな」

カメロンは、やにわにわっと寄ってきた侍女たちを、珍しいほどどするどく怒鳴った。

びくっと侍女たちがすくむ。

「残念な知らせをせねばならぬ。……だがかまえて騒ぐな。騒いでも無駄なことだし……そのような場合ではない。――おぬしらも、尚武の国ゴーラの王妃にお仕えする身であれば、わきまえよ。……いいか。――ゴーラ王妃、モンゴール大公アムネリス陛下は、産褥にて亡くなられた。――騒ぐなッ！」

カメロンの鍛えぬいた声は、その気になれば、戦場で敵に腰を抜かせることも可能なほどのものだ。一瞬悲鳴をあげかけた侍女たちは、カメロンの声に射抜かれたように黙った。若い侍女が気絶してその場に倒れこんだ。

「よいか、アイラニア」

カメロンは、いきなり、その、女官長の腕をひっつかんだ。女官長が全身を硬直させた。

「いいいな。アムネリスさまは……産後の肥立ちが悪く、産褥で亡くなられたのだ。いいな」

「え……ッ……」

アイラニアが、はっとしたようにカメロンのけわしい顔を見つめる。みるみるその目に無限の恐怖がひろがってゆく。それを、カメロンは低くおしつけるようにいった。

「よいか。お前にはこのお子を預ける。アムネリスさまは、おいのちと引き替えに、ゴーラ王のお世継ぎ、王子ドリアンさまを産み落とされた。……このお子をただちに面倒をみてやってくれ。そしてこの侍女どもは下にゆかせ、俺の副官に、身軽なもの数人をつれてここにくるよう呼び寄せてくれ。……俺はここにいる」

「カメロン……さま……」

いまにも倒れそうに身をふるわせながらカメロンを見つめていた、アイラニアが息をのんだ。

その目のなかに恐しい理解と悲哀が浮かんできた。

「カメロンさま……ま、まさか、姫さまは……まさか……」

「王妃陛下は産褥で亡くなられたのだ」

カメロンは強くいった。

「せんさくをするな。……侍女どもをここから追い払え。さもなくばお前たちは全員、処刑されることになるかもしれんぞ。それがいやなら即刻ここから立ち去って下の階で待機していろと女官どもにいえ。ここでぴいぴい泣かれては迷惑なのだ。さあ、いってくれ。王子殿下をお連れして……このままだと、この子も危ないかもしれん。早くうぶ湯をつかわせ、何か……乳のかわりになるものを与えてやってくれ。それから、俺の副官を、早く」

「か、かしこ――かしこまりました……」

さすがに女官長らしく、アイラニアがふるえる手に小さな赤児を受け取って、いろいろと命令を下し、女官たちを追い払おうとしはじめているあいだ、カメロンは、産室の扉を背にしたまま、そこに仁王立ちになっていた。

彼の胸のなかには、なんともやりきれぬ、だが奇妙に甘やかでさえある悲傷と、そして、深い悲哀、そして、もしかしたらこれから一生彼の心をはなれぬのかもしれぬ、あの緑色の痛切な目の色がまざまざとやきつけられていたのだった。

だが、はるかイシュタールでそのような事件がおきていようとは、遠いパロの空の下にあるものたちには知るすべとてもない。

＊

その、ころ——

「通るぞ！」

荒々しい声をかけて、イシュトヴァーンが大股に入っていったのは、神聖パロ王国の小姓たちが守っている、マルガ離宮のもっとも奥まった一画——ナリスがさいごの神聖パロの孤塁を守る寝室にむかう通路であった。両側に控えの間があり、また寝室の前には次の間があって、そこにも小姓たちが詰めてなんとかナリス王を守ろうと健気な姿勢をみせている。イシュトヴァーンの命令で、この一画には、カイのほかには、成人したもの、騎士近習などは一切詰めることを許されていない。ここに入ることを許されているのも、ヨナだけなのだ。

「あ……」

あわてて小姓が立ちはだかった。

「ただいま、陛下に、おいでを申し上げて参りますので、いましばらくお待ちを……」

さいごまで、言い終われなかった。イシュトヴァーンがいきなり腕をふって、小姓を払いのけたのだ。

「あっ」

叫んで壁にぶちあたって倒れる小姓を、あわてて小姓仲間の少年が助けおこした。みな、まだ十四、五歳から、いっても十六、七歳にしかならぬ、幼い小姓組の少年たちだ。ナリスの側仕えに選ばれるほどあって、みなそれなりに身分もいやしからぬ貴族の子弟であり、ことにパロの貴族の子弟であるからみな、いかにも品がよくたおやかである。イシュトヴァーンの荒々しい動作の前に、ひるんで身をよせあいながらも、きっとにらみかえした年かさのものが叫んだ。

「ご無体をなされますな。いましばらく、お待ち下さい。ただちにお取り次ぎして参ります」

「取り次ぎなんぞと悠長をぬかしてる場合か。馬鹿が」

イシュトヴァーンは見向きもせず、かれらをふりきって、ずかずかと奥へ入っていった。少年たちはおろおろと顔を見合わせたが、どうにもならなかった。

中のひとりが思いきったように大声をあげた。

「カイさま。カイさま、イシュトヴァーン陛下がお通りになるそうです」

「うるせえちびだなッ」

けわしく、イシュトヴァーンはふりかえって、パロには比較的珍しい金髪のその長身の少年をにらみつけたが、それ以上それにかまおうとはせず、ずかずかと入っていった。

「イシュトヴァーン陛下」

寝室の、天蓋つきの寝台のかたわらには、参謀長のヨナがいた。むろん、ナリスのかたわらをかたときもはなれぬ、小姓頭のカイもぴったりとよりそっている。天蓋の垂れ幕はまきあげられ、ナリスは枕を背にして、半身をおこしていた。

「ずいぶんとあらくれたお越しだね、イシュトヴァーン」

ナリスがとがめた。ヨナとカイ、そして控えの間の小姓たち、そしてその室のあるじ――どれをみても、いかにもほっそりとかよわげで華奢であり、使い込んだきずだらけの実戦用のよろいと革マントの戦場帰りのすがたのままで入ってきたたくましい長身のイシュトヴァーンとは、まるで人種そのものが違う――というよりも、まるきり違う生物でもあるかのようにみえた。イシュトヴァーンとても、基本的にはそれほどタルーアンのヴァイキングのようにごつい体形というわけでもなく、充分に鍛えてよく発達した筋肉によろわれているものの、腰なども細くひきしまって、どちらかといえば痩せ形である。だが、よく鍛えられた戦士のしなやかで強靭な体をもつかれと、学者でほっそりとひよわそうなヨナや、いかにも少年らしいやせぎすのカイ、それに長い黒髪に小さな白い顔をふちどられたナリスとでは、まるきり、体形の根本が違っていた。その、それこそ後宮にでも迷い込んでしまったようなとまどいと違和感が、イシュトヴァーンをいっそう乱暴にさせた。

「もったいぶってるひまがねえもんでね。うだうだしたパロ流の挨拶は省略させてもらうからな」

イシュトヴァーンは荒々しい言い方をした。

「おい、ヨナ公。いますぐ荷造りをしろ。さもなくばこっちから兵を出して無理矢理きさまら全部拉致することになる。もう、猶予はならん。ゴーラ軍はいますぐマルガを引き払う。ナリスさまは俺に同行していただくことになる。いいな」

「な……っ……」

ヨナとカイが蒼白になった。

いずれ、そうなるであろうということはわかっていたが、そのときの対策については、ナリスの容態とのかかわりもあるゆえに、なかなか決めることができなかった。そうこうするうちにはリンダとグインの連合軍のほうから、なんとか手をうってくれるのではないか、という期待もあったのだ。

「それは、ご無理です！」

カイが、ヨナが何かいうより早く、悲鳴のような声をあげた。

「ナリスさまをいま、そんな長旅に、しかも戦争のまっただなかの強行軍になどお連れすることはできません。この寝室からお動かしすることは、ナリスさまにはたいへんな負担です。……いまはそれほどお加減が悪い状態ではありませんが、とてもそんな……」

「四の五のいうな。もう何も云わせせん」

イシュトヴァーンは怒鳴った。ナリスが眉をひそめた。

「怒鳴らないで、イシュトヴァーン。どうしてそのように、いちいち大声を出さなくてはならないのだ。私の耳には、もっとずっと小さい声でもちゃんと聞こえているし、それに、怒鳴ったところで何の解決にもなりはしないよ」

「うるせえな」

イシュトヴァーンは獰猛にいったが、さすがにそれほど大きな声ではなかった。

「とにかく、もう、猶予はならねえ。グインのほうから、マルガをたちのけ、マルガ市民を飢餓から救うために、いますぐ兵をひきいてマルガを撤退しろ、ならば、とりあえずそれを迎撃はしねえといってきたんだ。いまをのぞいては、マルガを出られる方策はねえ。……まあどうせ、ユラニアまでの長い道のりの途中でまたいろいろいくさにもなろうし、いろんなやつらがちょっかい出してくるんだろうが、それはもうそれだ。とにかくもうマルガにはとどまれねえのも確かなことだ。あんたは連れてゆく、ナリスさま。……これはもう決めたんだ。きさまらが何をごたくさ云っても無駄だ。あと二ザンのうちに支度をしろ、ひるすぎまでにはマルガを出る。そうしてきょうじゅうにグイン軍の兵をおいてるサラミス街道の手前までゆく。いいな。持ってゆくものがあれば馬車一台分だけ許してやる。お前らのためには馬車二台、それはナリスさまが使う分も含めてだ。あとは小姓どもは連れてゆかねえ。連れてってやるのは十人と決める。医者がいるならそれも連れてゆけ。誰々を連れてゆくのか、こっちにあとで知らせろ。俺ももう、撤退の準備で忙しいんだ。いいな、支度しとけよ。次に迎えにきたとき、支度ができてようが、できてなかろうが、そのまま俺がひっ抱えあげて連れてゆくぞ」

「そんな、無法なッ」

カイが悲鳴をあげた。

「そんなことをなさったら、ナリスさまは——ナリスさまはッ！」

「イシュト」

ヨナは寝台のかたわらから、イシュトヴァーンのかたわらに走り寄った。必死にイシュトヴァーンの袖をつかもうとする。イシュトヴァーンはじゃけんにふりはらった。

「頼む、そんな、ナリスさまはふつうのおからだじゃあないんだ。そんなふうに、ふつうの者だって乱暴だと思うようなやりかたで移動させられたら、またおからだにさわってしまう。いまようやくずいぶんと調子がよくなられたばかりのところなんだ。頼むから、もう本当にわかってくれないか……ナリスさまをイシュタールに連れてゆくなんていう無茶な考えは捨ててくれ。お願いだから」

「俺はきさまらが何をいってもきかんぞといっただろう」

冷たく、イシュトヴァーンは云った。

「いいか、あと二ザンだ。もう、これが限界なんだ。きょう、もう、うちの兵隊どもに食わせるものさえ調達できなかった。もうこのままではマルガの市民どもどころか、われわれが飢えて動けなくなっちまう。リリア湖の魚だかなんだか、それももうぴたっと入荷がとまってるそうだし、それに……」

「それはだって、あなたがリリア湖の漁師たちが舟をだして漁をすることも禁じてしまったし、もともと漁師たちだって、心あるものはマルガを守る戦いに加わったんだし、それに、マルガ市の市場だって、もうずっとどこからも荷も入ってこなければそれは売るものだってないし……たくわえたものもみな供出させられ、食べつくしてしまったし、だいたいマルガそのものがこんな人数を養う力をまったく持っていなかった上にもとからその前から、神聖パロの兵士たちだけでもすでに手にあまって……」

「だから、能書きはもういいっていってんだろう」

さらに荒々しくイシュトヴァーンは怒鳴った。びくっと、カイとヨナが身をちぢめる。

「もう、何をいったって無駄だといってるだろう。もう、これでマルガに雪隠詰めになってるのはおしまいだ。お前らもわからねえやつらだな。俺はいってんだ。この俺が、ゴーラ軍自体がもう、どうにもならねえ状態になってんだって。このままマルガにいたら、それこそ飢えて兵士どもが動けなくなるだけのことだ。もうどうあれここを出るしか、俺たちはしょうがねえんだし、無事に出てなんとかパロ領内を通過して安全なユラニアに戻るためにはどうしても人質がいる、それだけの話だ。交渉ごともへちまもねえ、俺とゴーラ軍自身が生き延びるためのさいごの方策だ。動かしたらどうのこうのもへちまもねえ。いいな、俺は本気だぞ。次にきたときに荷造りが出来ていなければ、俺のほうで馬車は用意しておく、お前らを斬り倒してでも、ナリスさまをひっかついで馬車まで運んでって出発する。わかったな」

言い捨てるなり、もうあとも見ずにイシュトヴァーンは出ていった。あとには、茫然と顔をみあわせたヨナとカイたちが残された。

2

「ナ……ナリスさま……」

うろたえたようにカイが口ごもる。

「いかが……いたしましょうか。いったい……これはどうしたら……」

「思いのほかに早い展開だったな」

ナリスは、だが、動じたようすはなかった。

「まあしかし、確かにあれだけの人数のゴーラ軍を養うのはマルガには無理だったのだから、その意味では、むしろ当然、よくこれまでもったものだというべきかもしれない。……ヴァレリウスからの連絡では、グイン軍は、マルガの市民たちを窮状から救うべく、ゴーラ軍がマルガを撤退できるようサラミス街道をあけていてくれるようだ。まあこれはただのいくさにしてはきわめて微妙な局面をはらんでいるからね。……リンダからも、マルガの市民を救ってくれるよう依頼があったようだし、またリンダのひきいる神聖パロ軍にとっては、マルガ市民をこのゴーラ軍の占領から救うこともまた、重大な目的であってみれば、ゴーラ軍を殲滅の危機にたたせ、うちやぶってマルガにたてこもってマルガごと壊滅するような事態だけはむしろ絶対に避けたい。まあ、イシュトヴァーンがはやばやとマルガ籠城に見切りをつけてくれたのはけっこうなことだよ。この上、マルガをたてにとっていられたら、それこそもう、我々もマルガ市民も、またゴーラ軍も、これまでの戦いの死者たちをでも食べるほかどうにもならぬ地獄道まで追いつめられてしまうだろうからね」

「なんということを……」

カイは身をふるわせた。

「すまない、少々悪い冗談がすぎたかな」

ナリスはかすかに苦笑めいたものを漂わせる。

「だが、必ずしも冗談というわけでもない。本当に追いつめられて食物がなくなってしまえば、人間などというものはどのようなことをしてでも、どうしても生き延びようとするものだと私は思っているよ。だからこそ、マルガについては、本当になんとか――一刻も早くなんとかしなくてはならなかったのだが。……とりあえず老人や女子供はたたかいの前に避難させたとはいえ、たたかいで傷ついたものもいれば、残ってくれたものたちもたくさんいるのだから。……まあとりあえず、ゴーラ軍がマルガをひきはらい、またリリア湖で漁師たちが漁をすることが許されるようになれば……そしてサラミスやカラヴィアからの荷物がつくようになれば、いまはこれは飢饉だというわけなのじゃない、すぐにでも、マルガは飢えから救われると思うけれどもね」

「でも、それが——ナリスさまをイシュタールに拉致する、という条件とひきかえでは！」

カイは叫んだ。それから気づいて声をおさえた。

「申し訳ございません。不調法をいたしました」

「カイどのの気持はわかるけれど、でもイシュトヴァーンは、たぶん云ったとおりにしますよ」

もっと実際的なヨナが沈痛にいった。

「いかがいたしましょうか。いよいよヴァレリウスさまに連絡をとって……なんとしてでも、ナリスさまをこの離宮からお落とするだんどりをつけましょうか」

「いや……それはまずい」

ナリスは首をふった。

「いわばわれわれは……グインたちに対しては私たちが人質にとられているのだが、私たちにたいしては、マルガの市民が人質となっているといっていい。もしもここで私だけが逃亡したら、それはもう、イシュトヴァーンのすさまじい激怒をよび、おそらくマルガにいま居残っているものたち、離宮の小姓たちから近習、侍女たち、そしてマルガ市民たちまでも、惨殺されるか、みせしめの処刑ということになるだろう。……それはイシュトヴァーンもこれまでさんざんにほのめかしていることだし、だからといって、小姓たち全員を連れて逃げることはできたものではないし……小姓たちだけならまだしもなんとかなっても、ほかのものまでは——いや、だめだ、ヨナ。私ひとりが助かるためにほかのマルガのもの全員をまきぞえにすることはとても私にはできないよ」

「でも……それについてはいつもお話しておりましたとおり、われらにはすでに覚悟のあることでございますから。それに大切なおからだ……」

「よそう。この話は、もういつもの繰り返しになってしまうだけだ」

ナリスはつぶやくようにいった。それから、決然とおもてをあげた。

「しかたあるまい。当面、もっとも無難なのは私がイシュトヴァーンと行動をともにすることだ。……さいわいこのところ、それほど具合は悪くない。馬車での移動なら、それほどそのあと影響もでないですむだろう。とりあえず、十人同行を許すといっていたな。ヨナとカイ、それにモース博士は当然として、なんとかリギアをまぎれこませてもらうようにするのだな。それから、小姓のなかで一番腕のたつものは誰だ?」

「いま、ナリスさまのおそばに詰めているものたちのなかでは、十七歳のセランが腕がかなりたちます。それから、まだ十五歳ですが、かなり機転がきくので私がこれから先仕込もうと思っていた、マロンがおります。このへんならば他のものより根性もすわっておりますし、多少は」

「ヨナ、カイ、モース博士、それにセランとマロン、リギアが入ればリギア、それで六人だね。あと四人の選定はカイにまかせよう。ともかく、私の身の回りの必要品を荷造りしてもらって、薬類を大急ぎでモース博士にととのえていただかねばならない。それに、いくつか私がいうものをととのえて——まあ、それほどたいへんなことにはなるまいと思うよ、ヨナ、カイ。……サラミス街道の先には、グイン軍が待ち受けている。飢餓に襲われたマルガからゴーラ軍を出すために、道をあけてくれはしたが、休戦したわけではない。かれらは私を引き続き救出しようとしてくれているだろうし、それに、私もマルガにいるかぎりかれらも動きはとれぬ、マルガを攻めればマルガ市民もまきぞえをくうことになるし、市中にも甚大な被害が及ぶが、ゴーラ軍がマルガをはなれればかれらは逆にぐんと動きやすくなる。……そこまでも考えての上のこの動きだと思うからね。たぶん、イシュタールまで拉致されてしまうことはあるまいと思うのだがね」

「それは……そうあっていただかねば困りますが……」

ヨナはつぶやいた。

「それにしても、危険です。……いや、むろん戦場にナリスさまをお連れするというのからして危険ですが、ほかにも、私として気になるのは、ひとつにはナリスさまのおからだがそのような激動によく耐えてくださるかということと、もうひとつは、ナリスさままをマルガの安全な魔道師の結界内から外に出すことで、レムス軍なり、キタイ勢力なりの手が及びやすくなるのではないかという懸念です。……それを考えるといてもたってもいられませんが、しかし、やむを得ませぬ。ナリスさまがそのようにご決断なさった以上、われわれもお供させていただいて、なるようになるほかは」

「ことにマルガをはなれさえすれば、逆にヴァレリウスももっと魔道の力をふるいやすくなるよ。マルガ市民を人質やたてにとられることがなくなるからね」

ナリスは蒼白なカイやヨナを元気づけるようにいった。

「それだから、たぶんいまはすなおにイシュトヴァーンのいうなりになったほうがいい。……イシュトヴァーンも当然、私の身柄を死守しようとするだろうが、ひろい街道筋に出ていくさになってしまえば、こちらとてもずいぶんといろいろやりやすくなるよ、ことに魔道師がらみのことがね。だから、私もこのままマルガに残っているよりは気が楽だ。私が普通のからだでありさえすれば、むしろそれは私が無事に連合軍のもとへ逃亡できる大きな好機なのだが」

「なるべく、ヴァレリウスさまと心話でご相談しまして、そのようになるようにしたいと存じます」

ヨナはいった。そして、かるく会釈してから、支度するために出ていった。

カイはくちびるをかんで、それでもとりあえず、サイドテーブルの上にナリスのために必要なものをそろえはじめている。

「なかなか、変転をかさねる運命だね、このところ、私たちも」

それを、カイの不安をなだめるように、ナリスは声をかけた。

「とてもさいわいなことに、たぶん気力が充実してきたせいだろうが、私のからだのほうは、このところ以前よりもずっと具合がいい。……このままこの窮地をさえ切り抜ければグインに会える、という希望、リンダがクリスタルを脱出してきてくれたということ、それにここをなんとかできれば、神聖パロ王国も確立できる、という希望がみえてきたせいだろうと思うがね。……だから、心配はいらない、カイ。ここでもしも、またいろいろと身辺の激変のために衰弱してしまうようなことがあっても、なんとなく、こんどは――いまの私は、このまま必ずまた元気になってゆける、回復できるとまではいえなくても、必ず、前の具合よかったとき程度までは戻れる、という気がするのだよ。――じっさい、私もずっと、かえってこの状態になってから、ちゃんと食べて、体力を取り戻すようにつとめていたのだが、それはとてもつらいことだったのだが、さいわいにして少しづつ、その成果があがってきているようだ。これは本当に、一番の希望ではないかな」

「はい、それはもう、もちろん」

カイはうなづいた。

「ただ、戦場でございますから……何をいうにも、長い道のりになってしまうかもしれませんし……どこでどう、グイン軍が、ナリスさまを取り戻してくれるのか、わかったものではありませんし——あれでイシュトヴァーン軍もけっこう奮戦しているような報告をもきいておりますし。……ですから、私としては、そういう、流れ矢だの、そんなものも飛んでくるかもしれない戦場にナリスさまをお連れするのは本当はとてもとてもイヤなのでございますが。それだけです。あとはもう、私はナリスさまのおぼしめしのままにというだけで……」

「ここを切り抜ければグインに会える。ついに本当にグインに会える」

ナリスは云った。その青白いほほにかすかな赤みがさした。

「私はその日だけを信じて生きる希望としているんだよ。……私とグインが出会ったとき、必ず何かが起こると。……それまでは、死なぬ、決して死ねぬ、と私が思うようになれたのもすべてはきっと彼のおかげだ。きっと彼は、そこにいる——そばにいるというだけで、まわりのものすべてにそういう生命と希望の波動をもたらす、そんな存在なのだ。……案ずるな、カイ、このいくさは、必ず我々の勝利に終わるよ。最近になってようやくそう信じられるようになってきたんだ」

*

その、ナリスのことばにはげまされるようにして――

次に、イシュトヴァーンの迎えがやってきたときには、カイたちはひととおりの同行者の選抜や旅支度をかろうじてすませていた。どちらにせよもう、旅につぐ旅、試練につぐ試練でマルガからクリスタルへ、カリナエからランズベール城へ、そしてジェニュアへ、そしてダーナムへ、マルガへ、と移動を続けてきたかれらである。移動には馴れっこになっていたところでふしぎはなかった。それにまた、マルガに落ち着いたといっても、あくまでもそれは「仮の政府」であるという思いもある。いろいろと店をひろげて落ち着くにはほどとおい状態のままきてしまっているのだ。ヨナはうまく立ち回ってイシュトヴァーンに交渉し、武器は持たない、という約束でなんとか、リギアひとりを側近として同行者のなかにもぐりこませることに成功していた。リギアはごく目立たぬ普通の侍女の格好をしていたが、彼女がひとりいるだけでも、男性の騎士がいるのとさほどかわらぬ。それだけでも、かよわい少年たちや文官ばかりの一行にとっては最大の心丈夫であった。

ただちに、イシュトヴァーンの命令で、用意されていた、後部座席に簡易寝台がもうけられた最大級の馬車に、ナリスはうつされることになった。ナリスはかたときもはなさずにゾルーガの指輪を握り締めたまま、異変にそなえていたが、なにごともなく、担架にうつされ、ゴーラの騎士たちにかつがれて、本当にひさかたぶりにまた外気にふれる場所に出たのであった。その外気がからだにさわらぬよう、すっぽりと風よけのマントと毛布とにくるまれたナリスを、その簡易寝台に落ち着かせ、枕をあてがって横にならせ、そしてカイとヨナとリギア、それにもっとも小姓組のなかで腕がたつとカイが保証した十七歳の小姓のセランとが同じ馬車の座席に乗り合わせてナリスを守り、そしてモース博士とほかの小姓たちとが、さまざまな必要な品をつめこんだもうひとつの馬車に乗った。まわりをゴーラの精鋭たちが厳重にかためる。ナリスが落ち着くと、ただちに御座馬車の窓はすべて内側からカーテンがおろされ、外からその馬車に誰が乗っているのかが見えぬよう厳重に内側から目張りされた。それはまた、外気や太陽の光にすでにたえられなくなっているナリスのためにはどうしても必要な心配りでもあった。

すでにイシュトヴァーンのほうはゴーラ軍の全軍をひきいて撤退の手はずをその間にととのえていた。このような状態であるから、きわめてあわただしい撤兵である。準備のととのった部隊からどんどん、マルガ離宮を出て、あるいはリリア湖畔に駐留していた部隊はまわりこんで離宮の前にいったん集結してから順々にサラミス街道のほうへとたってゆく。イシュトヴァーンは当然マルガをはなれしだいグイン軍がおそいかかってくる可能性をも考えていたので、いろいろ考え、おのれ自身についで信頼しているヤン・インを指揮官として精鋭のルアー騎士団を二つにわけて先発させ、そのあいだにおのれの親衛隊とイリス騎士団とをはさみ、そのまんなかにナリスの馬車を精鋭中の精鋭の親衛隊八百騎に守らせて、彼自身もそこについて移動することとし、しんがりをリー・ムーにあずけてルアー騎士団の残り半分と、イリス騎士団の半分とで構成させて、とにかく一刻も早くパロ圏内を出て自由国境に入れる撤兵のルートをめざすことに決めたのだった。

ようやく、マルガが侵略軍から解放される、という事態が、まだぴんとこないかのように、離宮のものたちも、またマルガの市民たちも、騒ぐことも歓声をあげることもない。かえってふつうよりも市街も離宮のなかもひっそりとしてしまっているようだ。ひとつには、ゴーラ軍の駐留が長くなってきて、食べ物も満足にとれぬようになり、極端な飢餓ぎりぎりまで追いつめられているために、すっかり気力が失せてしまっている、ということもあるのだろう。また、マルガでは、市民たちにも、また離宮のものにもきわめて大きな被害が出ていた。いまだ、マルガはそのいたでから立ち直る気力も出ていない、というのがもっとも大きかったかもしれぬ。みながみな、誰か必ず肉親や友人や愛するものをこのマルガ奇襲で失ってしまっていたし、おのれ自身も傷ついているものが多かった。踏みにじられ、征服されたマルガは、ここでイシュトヴァーン軍が撤退しても、なお復興するには相当かかりそうなくらいのいたでをうけている。

その上に、かれらの心のさいごの支えというべきナリスは、イシュトヴァーンの手によって連れ去られてしまうのだ。マルガが、解放の喜びよりも、悲嘆と苦しみにうちひしがれたままであったのも、当然かもしれなかった。

マルガの市民たちは、それでも三々五々、空腹と絶望と悲嘆に力ない足取りでマルガ離宮の前に集まって来、両側にたむろして、出てゆくイシュトヴァーン軍をにらみすえていた。そこでまた声をあげて罵ったり、怒りをぶつける気力はとうていなかったが、しかしかれらの怨念は深く、ゴーラ軍にむけられるマルガのひとびとの目は、うらみと憎悪とに燃え狂っていた。マルガの六千の市民と、そこに滞在していた神聖パロ軍の二万弱の兵士たちのうち、実に半数以上が死傷していたのである。ことに、カレニア騎士団のいたでは深かった。カレニア伯爵兄弟もふたりとも戦死し、カレニア騎士団の勇士たちの死亡率は、いくさが終わってからの数日に怪我が悪化して死亡したものも含めて、全体の六割以上にものぼっていた。また、アムブラの学生たちやクリスタル市民の志願兵からなる、クリスタル義勇軍のうけた損害も甚大なものであった。指揮官のラン将軍をはじめ、やはり半数以上が死傷していたし、もともとがたたかいには素人であるだけに、負傷の程度が重いものが、カレニア騎士団や聖騎士団のものたちよりも多かったのだ。

カレニア騎士団や義勇軍の勇士たちは、武装解除の上、マルガ離宮の騎士宮や馬場や倉庫などにおしこめられていた。市民たちのほうは閉じこめられてはいなかったが、けっこう集まってきたもののたちのなかには、頭や腕や足などに包帯をまいた、たたかいで傷をうけたものもたくさんいて、助けあいながらやってきて、嵐のような奇襲で神聖パロの希望を木っ端微塵に打ち砕いてのけたイシュトヴァーン軍のマルガ撤退を激しい目でじっとにらみすえつづけていた。かれらもまた、家族や兄弟やともに戦った仲間、友人を多く失っていたのである。

かれらも、またおしこめられて、窓からこのようすを争ってのぞこうとしている神聖パロ軍の残党の兵士たちもみな、ゴーラ軍が完全撤兵してマルガから出てゆきしだい、それでもなお、武器をとってサラミス街道にかけつけ、リンダ王妃ひきいる神聖パロ軍に参加してこのうらみを一矢報いようとの決意にひそかに燃えたっていた。誰から言い出したこととともなく、かれらはみな、ひたすらゴーラ軍が出てゆくのを待ち焦がれていたが、それは、おのれが助かるためではなく、あらためて連合軍に身を投じて、ゴーラ軍と戦い、うらみをはらすためであった。その、ひたひたとよせてくる波のような敵意と怒りを感じたのか感じぬのか、ゴーラ軍は面頬をおろし、無表情な機械づくりの戦争人形の群れのように粛々と撤兵してゆく。内心では、ようやく、ついに故郷に帰れるという希望にもうちふるえてもいたであろうし、また、このさき、ゆくてには世界最強の軍隊との死闘が待っているだろうということを考えて、おののいたり、たかぶったり、武者震いしているものもあっただろうが、だが、いずれにもせよそれはおもてからはまったく見分けがつかなかった。

いくつもの部隊がマルガを進発してゆき、そして、ついに、二台の大型馬車を中心におしつつんだ本隊がマルガ離宮の大門を出たとき、しんとしずまりかえっていた、門の前に集まっていたマルガ市民たちの口から、たまりかねたような叫びがもれた。

「――ナリスさまを返せ！」

「アル・ジェニウス！」

その、はじめはためらいがちだった声は、やがて、まるで誰かに唱導されるかのようにひとつの叫びに凝り固まっていった――

「アル・ジェニウス万歳！」

「神聖パロ王国万歳！」

――その、叫びである。

それは、（我々は、ナリスさまを見捨てないぞ！）という叫びでもあったし、必死の祈りでもあっただろう。これほどのいたでをうけたマルガのひとびとの、それはさいごの悲鳴のような叫びであった。

それに対して、びくりと反応しようとしたゴーラ兵もあったが、隊長たちからただちに、かまうな、という触れがまわされ、兵士たちはまた黙々と行進を続けていった。何もきかず、何も見なかったかのように、マルガをあとに、戦いの待ち受けている街道筋へと向かってゆく。また、そのさきには、無事にふるさとのユラニアにたどりつくまでにいくたの難儀がまちうける長い道のりがあるのだ。

ざっ、ざっ、ざっ、ざっと大地をふみしめて、ゴーラ軍は、うしろに小さなかわいらしいリリア湖の水の青く光るマルガをあとにしてゆく。その、不吉な——よろいかぶとやマントにもまだパロの人々の血のあともなまなましくしるされたままのすがたを、マルガのものたちはこおりついたような目で見送っていた。

が、その、さいごの部隊がまだマルガ離宮の門をはなれぬうちに、誰かからそのような伝令でもまわったものか、かれらはどんどん、その門の前から姿を消していった。ゴーラ軍の本隊はすでにもう出立しており、残されたしんがりの部隊はただ順番を待って、機械的に進発してゆくだけのことだったから、そのようなまわりの市民たちの動きなど気にもとめていなかった。どちらにせよ、もう、かれら、市民だの義勇軍の傷ついた残党だのが追撃してこようと、リンダ軍に身を投じようと、そのようなことはゴーラ軍にはたいした問題でもなかったのだ。

（ナリスさまを取り返せ）

誰いうとなく——

まるで野火のようにそのささやきは、傷ついたマルガにひろがっていった。

マルガ離宮の門の前に集まっていたものたちは、市中に戻ると、ただちにまたおのれの家のなかに隠してあった剣をとり、それがないものは何か武器になる、料理用の刀だの薪割りの斧だのをふたたび手にとって、そしてマルガの離宮めざしてひたひたと戻ってきた。かれらがそうして戻ってきて、得物をうしろ手にかくして見送っているころにはもう、ゴーラ軍のさいごの部隊もマルガ離宮の門をはなれるころだった。

それを確かめるなり、市民たちは異様な喚声をあげて離宮のなかにかけこんでいった。もちろん、門番たちの手で大きく門はあけはなたれていた。市民たちがかけこんできて、扉をあけ、とじこめられていた聖騎士軍や義勇軍、カレニア騎士団の残党を解放するのを待ちかねたように、離宮に残されたナリスの近習や側近たちが、ゴーラ軍が放置していった武器を探し出してかれらに配った。それらのすべては、大袈裟な絶叫ひとつなく、異様なほどに粛然と、ひそやかに行われていった――そして、かれらは、ひたひたとまたマルガ離宮の門の前にむかってかけだしていった。

知らせをきいてかけつけてくるものの数はあとからあとから増えてきた。むろん、離宮に仕えるものたちもすべて、また、リリア湖の漁師たちも、そしてマルガ市民たちも。それでもむろん、かれらは職業的な軍人でもなければ、戦いなれてもおらず、またかなりの数のものがまだ包帯をいたいたしく巻いていたが、それでもその負傷者たちまでも、剣をくれと要求しながらかけつけてきたのだった。

「ナリスさまを守れ!」

「アル・ジェニウスを取り戻せ!」

「ナリスさまを取り返すんだ！」

「神聖パロ王国万歳。アル・ジェニウス万歳」

「ナリスさまを取り返せ！」

やがて――

もう、決してゴーラ軍は戻ってこないのだと見極めて安心したかのように、その叫びは、ただひとつの大地をゆるがすほどの巨大な叫びに高まってゆきつつあった――

「ナリスさまを取り返せ！」

と。

3

いっぽう、ゴーラ軍はまさしく、それどころではなかった。

もとより、かれらを放置して去ったのは、どちらにせよそうしてうしろから追いすがられたところで、負傷者と戦い馴れてもおらぬ町人、商人、漁師たちなど、よしんば何千人集まったところでゴーラの精鋭の前に何ひとつおそるるに足らぬ、とのんでかかっているゆえである。しんがりの大役をあずかるリー・ムーにせよ、かれら市民の追撃など、ものの数にもいれていなかった。それよりもむしろ、問題はゆくてに待つグイン王ひきいるケイロニア軍であり、そしてサラミス騎士団と聖騎士団の連合軍であった。

ここマルガ周辺から、ユラニアとの自由国境まででは、まだどれほど早くても十日はかかるだろう。そのあいだにグイン軍と神聖パロ軍、そしてそのうしろにはさらに、レムス軍が待っている。いまだに、イシュトヴァーンへの信頼は根強いが、それでも、この軍勢の何人が無事に故郷にたどりつくことができるのか、誰しもが内心の底の底ではひそかにこころもとなく思っているのは当然だろう。

それでも——ここにとどまっているかぎりは、永遠に、郷里に帰ることはできぬ。どのような犠牲を払ってでも、ここを切り抜け、突破しなくては、なつかしいユラニアの地を踏むことは出来ないのだ。

このような状況になれば、通常ならば、目の前のいくさをおそれてけっこう馴れた軍勢からでも脱走者が出たりする。だが、ゴーラ軍は驚くほど脱走者が少なかったのは、おそらくは、脱走して単身なんとかこの敵のまっただなかから郷里を目指すよりは、まだしも、イシュトヴァーンにくっついていったほうが可能性があるのではないか、と誰しもがひそかに思っていたからだろう。

嵐のような、パロへの侵略行であり、そしてマルガの奇襲であり、そして、その撤兵であった。

おとなしく、イシュトヴァーンに号令されるままにイシュタールからユラニア自由国境へ、そしてパロ北部へ、そしてマルガへ、と移動しつづけてきた若いゴーラ兵たちのなかには、いったいこの苦しく大変な強行軍は何のためだったのだろう、と疑ってみるものもいなくはなかったかもしれぬ。だが、いまのゴーラ軍は、そのようなことが一切、口に出すどころか、ほのめかしさえできるような状態ではなかった。ひとつには、ゴーラ軍の幹部たち、隊長クラスが、いまゴーラ軍が崩れたってしまえばもはやすべてはついえ去るのだと感じ取っていて、とにもかくにも若くて経験も少ないゴーラ兵達を全力で、けしかけ、怒鳴りとばし、あおりたて、勇気づけてきたのだ。

だが――

もっとも、そうした軍勢が危ないのは、進み続けているときではない。いざ、「退こう」としたその瞬間である、ということは、これはイシュトヴァーンがくりかえし、隊長たちに言い続けている。

まして前に待っているのはグイン軍だ。いったん崩れたてば――北にむかって敗走すればレムス軍が待ち受けている。レムス軍は敵ではないかもしれないが、同盟をしいられるのは、イシュトヴァーンにはいっそう不本意だ。そして南なり西なり東なり、どちらに逃げてもそこはパロ国内――西に逃げればサラミス公領、東に逃げても、ちょっと東南をめざすとそこはマール公領でなお神聖パロの版図内、そして南はそれこそカラヴィアのどんづまりである。

（なんとか、とにかく……ここを切り抜けて北に……そしてできるだけ早く、レムス軍と出くわしたり、レムスから連絡をとってくる前に、自由国境に出てしまうことだ……自由国境に出りゃあ、俺はああいう山のなかには馴れている……なんとかなる……）

レムス軍と合流することは、当面の安全を保証はするかもしれないが、そのかわり、当然人質たるアルド・ナリスを引き渡せと要求されることになるだろう。

そして、それをあくまでも拒めば、それこそ平和裡に同盟することが不可能ならば、腕立てでも——ということになるだろう。そのような相手では、イシュトヴァーンにとってはこれまた敵といくらもかわりはない。

(だが……自由国境に出れば……)

山岳地帯に入ると、またかのスカール太子の騎馬の民の軍勢がひそんでいる可能性もある。

だがもう、そこまでおそれていてはどうにも動きがとれない。イシュトヴァーンはとにかくもう、グインと緒戦でぶつかった段階で、(これは駄目だ……)と、ひそかに考えていた。

(こっちがどうあがきしても……かなうような相手じゃねえ。……とにかく、ここはもう、何がなんでも……なんでもかまわねえから、ここを切り抜けて、どんなことをしてでも……とにかくカメロンがアルセイスからの援軍を連れて迎えにきてくれるのを待ってひたすら北上するだけだ……)

本当の緒戦は、イシュトヴァーンは苦もなくゼノン軍をうちやぶり、さらにそれとかわったトール軍をも押し気味に戦いを進めていられたのだった。

だがむろん、それでただちにゴーラ軍優勢——とは、とうてい思うことはできなかった。しかし、イシュトヴァーンとしては、グインの副官だときくトールについてはともかく、若いゼノンに対しては、未知数だがその名が武将として通っている相手、というだけに、ひそかに深甚な興味を抱いており、それがどのていどのあいてか、おのれの身をもってはかってやる——というような気持も十二分にあったのである。

そして、ルエの森で最初に激突したゼノン軍は、イシュトヴァーンには、(なんだ、若いな……)という、おぼろげな安心感、(なんだ、これがグインの秘蔵っ子なのか。思っていたより、大したこたあねえじゃあねえか……)という思いをもたらしたのである。むろん、ゼノン自身と手合わせする機会はあいにくなかったが、双方乱戦のなかに直接陣頭指揮をとってのいかにも混戦であり、そのあいだにゼノン自身の戦いぶりを見る機会はあった。

ききしにまさる体格であったし、またなかなかいい戦士であるとも思いもしたが、(やってみてえ……)という思いをいつものようにかりたてられる、というほどでもなかった。それよりもむしろ、ゼノンの采配ぶりのほうが気になっていた。

(ふん、やっぱりな、ああして指揮官たる将軍自身が戦場に出てしまうと、ずいぶん、采配のほうはおろそかになるもんだな……)

もともと、イシュトヴァーン自身もその傾向がある。ゼノンのようすを見ているのは、なんとなく、おのれがどういうところを部下たちにあやうしと思われるだろうか、という、鏡をみているような気持にイシュトヴァーンをいざなったのだった。

ゼノン自身がいかによい戦士であっても、強く勇敢であっても、それだけでは、何千、

何万という兵をひきいてのいくさでよい総大将だということにはならぬ、ということだったろうか。それに、

（なるほどな……）

そういう大将に率いられた軍隊というものが、どういう弱点をもつことになるのか――そのような、これまで思ったこともない、柄にもない《勉強》のためにも、ゼノンのたたかいぶり、指揮官ぶりをみることは、非常に役立ってくれたようにイシュトヴァーンには思われている。終始、イシュトヴァーンは、いつになく冷静であった。

当然、先頭にたっていつものように戦闘にむかって突入していったし、その戦闘のなかでは激しくたたかぶりもし、また阿修羅のようにすさまじい戦いぶりで他を威圧してもいたのだが、いつものあの、イシュトヴァーンがあやしい麻薬のように求めている、狂ったような陶酔、前後の見境が一切なくなるあの恍惚境というべきものは、ついに彼を訪れてくることはなかったのだ。

（むしろ……そうやって、戦ってるほうが、俺は……なんだか、なんでもかんでもよく《見えて》るってえ気がしてならなかったな……）

そのような自分が、ちょっと驚きもしたし、また新鮮でもあった。これまではひたすら、戦いといえば、狂ったように剣をふり、左右に敵をなぎはらい、斬り倒し、返り血にまみれ、腕の上まで血だらけにしながら切って切って斬りまくる、ということしか、

思っていなかったのだ。そうしていると、途中から何も考えておらぬのにからだのほうが勝手に的確な判断を下し、おそろしいほどに非情に動き始める、あの一瞬が必ずやってくる。

そうするともう、一切、怖いと思うこともなくなるし、誰ひとり、自分のからだに傷つけられるものもいなければ、おのれが負けることなど決してありえない、何ひとつ自分にはふれ得ないのだ、と信じることができた――というよりも、信じていた、というだけではなく、現実にそのとおりだった。

よしんばおのれよりも明らかに強い相手――めったにはいなかったが、たとえばあのスカールがそうだ――に出会ったとしても、単身ではそうであったとしてもほかの兵士たち、軍隊を率いていれば、自分のその鬼神のような戦いぶりが必ず相手の軍勢そのものの気力を萎えさせ、一方おのれの軍を鼓舞し、その結果いつもゴーラ軍が最強の軍勢として勝ち進んできたのだ、という意識もある。それもあって、むしろ、意図的におのれの意識を失わせ、そうやって戦う機械としてつきすすむようにあおりたててきた部分もあった。

だが、ゼノン軍が、はじめにおそれていたほど、どうやら強くはなさそうだ、ということを感じられたせいだろうか。このときにはイシュトヴァーンはひどくゆとりをもって戦うことができていたのだった。実際に乱戦のなかに身をおきながらも、まわりがよく見えている感じがあったし、それで、伝令がおのれを探していると見ればただちにその伝令のほうへ抜け出してその報告をきいた。そして的確な判断をまた持ち帰らせることもできたのだ。

その結果、ゼノン軍をかなりの短期間でうち破ることができた。

（グインのやつ……なんだって、援軍を出してきやがらないんだ……）

ちょっと、ぶきみというかもどかしいというか、謎めいた気分があって、そのこともいっそうイシュトヴァーンの警戒心を強めていたのかもしれぬ。

当然、ゼノン軍がくずれたてば、ケイロニア軍の本隊が進んでくると思っていたのだが、グインはまったく自軍を動かす気配も見せなかった。

むろん、リンダ軍も動く気配はみせない。かわって、ゼノン軍がかなりゴーラ軍にはっきりと攻め立てられる状態になってきた段階で、伝令がとんだらしくゼノン軍は兵をまとめて退却し、そしてイシュトヴァーンはそれを追撃させるのをひかえた。ゼノン軍が撤退したあとに、こんどこそグイン自身が出るかと思ったのだが、あらわれてきたのは副官のトールの率いる黒竜騎士団だった。

これは、ゼノン軍より数段手強かった――というよりも、しぶとかった。その上に、ちょっとこぜりあいをくりかえしてはさっと引き下がり、決して深追いをしてこない、という戦法で、かなりイシュトヴァーンを苛々させたが、それもだが、イシュトヴァーンには興味をそそるものだった。

(ふうん……こんなふうに、いくさのことを、いろいろあれこれ考えながら戦ったことあなかったな……)

とっさの判断力でいろいろと考えまわして、すばやくいろいろなたくみを組んだり、知っているかぎりの兵法を繰り出したりしたことはむろんある。だが、それにもまして、この敵は(何か、目の前のことだけじゃないものを見ているような気がする……)

そんな奇妙な思いがイシュトヴァーンをとらえていた。

(なんか……今日のいくさだけじゃなく……明日のことや、あさってのことや……もしこちらがこう出たらどう、こっちに出たらこう……そして、それがこのあとまるで関係のないあたりにどんな波乱をもたらすかというような……なんとなくだが……)

それは、いくさをする者として当然なことなのかもしれないが、いずれにせよ野盗あがりのイシュトヴァーンにはなかったものの見方である。いくさはいくさ、目の前の敵をうち破ればそれで勝ち、というようにしか、つまるところは考えてこなかった気がする。

(こいつはなんだか……目の前の勝ち負けよりも先を見てるような……なんか変なんだが……)

ゼノンが最初にさしむけられ、そしてそれがくずれたってても援軍がなかなか出されなかったこと——ゼノンが退却し、それと入れ違いにゆっくりとトールが出てきたこと。

それが、イシュトヴァーンになんとなくひどく奇妙な、これまで思いもしなかったようなことをいろいろと考えさせている。

（やつは、なんだかまるで……あの若いゼノンに……『勉強させている』みたいな……なんというんだろう、目の前のいくさがまるで演習みたいな……）

それに破れ立ったといっても、ゼノン軍には決してそれほど大きな被害が出ていない。全滅の危機、などということになるとおそらくまた、まったく違う動きになったのだろう。

（それに……）

ゼノンがしりぞいて、大きく目の前があいたとき、（追撃してくるならおいで）という、あやしいささやきのようなものを、きいたような気が、イシュトヴァーンはしたのだった。

そして、何か言いしれぬ恐怖にさえ似たものを感じたのだった。

（その手にのってたまるか……）というような。というよりも、もし万一にも、その手にのって、ゼノンを深く追走していったら、はっと気が付いたときには何かとりかえしのつかぬ罠のなかにはまりこんで、もうそれですべてが終わっていそうなあやしい恐怖感を。

(くそ……)

なぜ、同じように陣を張っているだけなのにこんな威圧感や、無言の相手の意志や洞察のようなものの気配を感じるのだろう、というのが、それ以来ずっと、イシュトヴァーンが戦いをつづけながらも不思議でたまらなく思っていることだ。

(これってなんだか……これまでの、俺が思ってたようないくさとは、ずいぶんとようすが違うな……)

そのとまどい——違和感、そして奇妙な恐怖と、それでいてわくわくとからだの底のほうで何かがたぎり、たかぶってくる感じ。

それは、あの、不愉快な、恐しい、殺人機械の戦闘がもたらす異様な恍惚感とはまったく違った、いうなれば素面のままで激しく昂揚させてくれ、鼓舞してくれる種類のまったくことなる麻薬のような感じがした。

(あいつは……はじめから、こんなだったのか。……それとも、俺と同じときに中原にあらわれて……そうやって、いろいろと年をかさねているあいだに、ああなっていったのか、いろいろと学んで、それを実地にためして……)

(なんだか……すげえ。なんだか、怖え……くそ、そうだ。まだ何もやってねえのに——なんだか怖えんだ……だが、それでいてワクワクしやがる。くそっ……こんなの、はじめてだ……)

おのれの、よどんでいた血がふいに冷水をあびせかけられて目覚め、ざわざわと新鮮にわきたちはじめているような気がする。ついに好敵手を得たのかもしれない、というような思いと——だが、いまの俺ではまだまったく歯もたたないのだな、という無念きわまりない思い。

ほんのちょっと前のイシュトヴァーンであれば、そんなことを認めるくらいなら舌を嚙んで死んだほうがマシだ、と思っていたのに違いなかったのだが——

恐ろしくて、しっかりと兵をひきしめてむしろ、ゼノンを追走するかわりに、陣を張り直してあらたな援軍をマルガから迎え、こちらの陣営を強化させたところへ、トール軍が粛々とあらわれてきた。そして、これはその日一日、残る時間をまるでこちらのようすを調べるかのようにあちこちからさまざまな手で攻撃をしかけてはさっとひいていった。

その一日が終わったとき、イシュトヴァーンはいつになくへとへとになっていた。からだを使った疲れではなく、精神がはりつめて、緊張しきっていた疲れだ。

(これでまだ……グインは、指一本動かしてねえのか……本隊をぴくりとすら動かしていねえのか……しかも、その本隊のうしろにはいくらでも補充がひかえてるのか……本国までたぐればきりのねえくらいの人数の……なんてことだ)

底力の違い——

そんなことを、これほどに露骨に感じさせられたことは——しかもこれほどの短期間で——はじめてのことだった。

イシュトヴァーンはともかく、動揺する兵たちをひきしめ、決断を下して、夜の間にひそやかにルエを撤退した。これまでならば、そうして《敵にうしろを見せる》ことなど、とんでもない、としか思えなかったに違いない。

だが、いまは、ここでこのままいたらひどくグインにばかにされる——いや、ばかにされるのならまだいいが、『足もとを見られる』だろうというおそれがイシュトヴァーンをとらえていた。イシュトヴァーンは、これまで考えたこともないほど精密に軍の動きを指示して、マルガからの援軍に、マルガ寄りのサラミス街道ぞいに待機させつつ両翼にわかれるよう陣ぞなえをさせ、自分の軍がそのままそのまんなかに入り込んで、かつあらての軍勢がそのまま自軍を包み込んでゆけるように陣ぞなえをして朝にそなえた。

朝になると同時にイシュトヴァーンにもたらされたのは、（グイン軍、動く）の知らせだった。

「来たかッ」

ただちに、斥候をさらにはなち、様子を見させた。グイン軍の本隊は、ゼノン軍を後衛にさげ、そしてリンダ軍をまんなかにはさむようにして、一気にこちらにむかってきた。

「来やがったなァッ！」

武者震いして、イシュトヴァーンはいよいよ、宿敵との——生涯の宿敵となるべきケイロニア王との激突にそなえた。こちらも一応万全の構えのつもりではあったし、また、ゼノン軍とワルスタット侯軍をうしろにさげたグイン軍と、そこまで人数が違うとも思わなかった。だが、勝負は、イシュトヴァーンにとっては、あっけなかった。

（くそ……歯がたたねえ……）

はた目からは、それほど、一気に敗戦した、とは見えなかったかもしれぬ。

いくさは一日じゅうにわたったし、そのあいだも終始、どちらかがおそろしく優勢に押してくる、という印象ではなかったはずだ。

だが、イシュトヴァーンにはわかっていた、

（畜生。……畜生、グインのやつ……初戦でいきなり……退きやがった……）

イシュトヴァーンにとっては、勝負は最初の一ザン、早朝の第一戦で決まったのと同じだった。

もしもあのまま、グインがその本隊をひきいて突入してきていれば、いまごろおのれが生きていないか、あるいはケイロニア軍の虜囚となっていただろうということを、イシュトヴァーンははっきりと悟っていた。翌日の最初の戦いだけ、グインはおのれの精鋭をひきいて、リンダ軍をうしろにさげ、トール率いる黒竜騎士団をリンダの護衛にそ

の前に並べておいて一気にゴーラ軍にむかってきたのだ。イシュトヴァーンはござんなれとばかりに応戦した――つもりだった。

（くそっ……ザン、もたなかった……）

きのうのゼノン戦でイシュトヴァーンもまた、深く感ずるところがあった。

おのれが直接先頭にたって、指揮官としてより戦士としての戦いに没入してしまうような戦いの方法には、限界があること、それは決して、いまはイシュトヴァーンの雷名によって効果をもたらしているとしても最終的には長続きする方法ではないこと――それを感じたがゆえに、あえて、二日目のその日には、イシュトヴァーンは、本陣にさがり、援軍をひきいてきたヤン・イン准将に率いさせた部隊をさしむけて、本陣から采配をふるうことを選んでみたのだ。ひっきりなしにかけてくる伝令と報告と斥候を駆使しながら戦況を見ていて、つくづくとイシュトヴァーンはおのれの未熟、武将としてのいたらなさを感じざるを得なかった。

イシュトヴァーンが必死に考えて兵を投入し、采配をふるえばふるうほど、次の報告はそれがあっという間にうち砕かれたというものでしかなかった。グインはイシュトヴァーンが次にどう出るか、ということをすべて予測し、読み切って、いくつかのパターンを予想し、どちらになろうとそれに対応できるようにすでにあらかじめ手を打ってあるとしか思えなかった。奇襲をかけようと森のうしろ側に部隊をまわらせればそれはすでにそこに伏せてあった部隊に逆に迎撃された。弱い部分をつこうとリンダ軍を狙おうとすると、ただちにトール軍が十重二十重にリンダ軍を守った。何よりもイシュトヴァーンが参ったのは、グイン軍精鋭の、あまりにも一糸乱れぬ統率力と動きだった。それこそ、イシュトヴァーン自身が、世界に冠たり——と、ゴーラの騎士団に誇りにしていたところのものだったからだ。

(だが、こいつは……)

ケタが違う。

ことにイシュトヴァーンが目をむいたのは、グインが《竜の歯部隊》と名付けているらしい、一千の精鋭の動きだった。それは、本当に、心話で統率されているとしか思えぬような鮮やかな組織力であり、突っ込んでくるのも、引き上げるのもつねに一瞬で体勢をとり、一騎の遅れもなくただちに引き上げ、そのままいつのまにか神出鬼没に反対側にあらわれる。これがまだ、一千だからいいようなものの、もしこれが一万であったら、これだけ手足のように動く軍勢が一万あったら、それは散漫な指揮系統をもつ五万、いや十万の軍をとても蹴散らすことはまったくたやすかったのだろう。それこそ、イシュトヴァーンが目指していたものだっただけに、それにいっそう、イシュトヴァーンはうちひしがれたのだった。

そして、その《竜の歯部隊》は、最初の一ザンきっかりで、さっと引き上げてゆき、その日はついに二度とイシュトヴァーンの前にすがたをあらわさなかったのだ。

同時に、本陣のほうにも動きがあり、グイン軍がうしろにさがったらしい気配があり、そして、そのあとは、トール准将がふたたび指揮をとってゴーラ軍にむかってきた。イシュトヴァーンは再び、(なんだか、本気でない……)という奇妙なあの感じ、(適当に、あしらわれている……)というような感じをうけたのだった。

一見激しく正面衝突しているようにみえながら、じっさいには、あとではかってみると、どちらの軍にも驚くほど死傷者が少なかった。特にケイロニア軍には、仰天するほど少なかっただろう。もしかしたら、死者など、三ケタになっていなかったかもしれぬ。ことに神聖パロ軍は、ただそこにずっといただけで、いっさいの戦闘に参加することさえしなかった。ケイロニア軍は、どこかの戦線がくずれそうになるとそこにあらての兵を投入して疲れた兵をいれかえ、そして最低限戦うとそれを本陣までひかせ、というようにしてたえず兵を入れかえつつ、ひどくゆとりをもって戦っていた。少なくともイシュトヴァーンにはそのように見えた。

この日はもう、イシュトヴァーンは戦線にみずから切り込むことをいっさいしなかった。それが、このような計算されつくした敵にたいして、あまりにもおろかしい自己顕示欲にしか見えないだろう、と思えてしかたなかったのだ。

その夕方、イシュトヴァーンは決断した。兵をまとめてマルガに撤退する——決断はそれであった。

(この上、ここでやってても同じだ。……きゃつは、決しておのれには損害のでないようにしながら……俺をいいようにあしらっているだけだ……)

どうして、そんなことが出来るのか。いくさといえば、もっと必死な、血で血を洗うものではなかったのか。

だが、その答えも、イシュトヴァーンにはあまりにもくっきりとわかっていた。

(力が、違いすぎるんだ。……指揮官の力が違いすぎる……)

自分とても、パロの弱卒どもを相手にまわしてなら、いまグインがやっているようなことを、しようと思えば出来なくはないだろう。さんざん相手を適当に翻弄し、どちらにもたいした損害もあたえずに、だがはたからみるといかにも激しい戦争をしているようにみせかけながら、おのれの思った方向に何でもものごとを運んでいってしまうこと

――だ。

それほどに、ケイロニア軍とゴーラ軍では――グインとおのれでは、力量が違いすぎるために、勝負にならないのだ――グインは、このまま永遠にでもこうしてイシュトヴァーンを適当にあしらっていることが可能なのだ、ということがわかって、イシュトヴァーンは逆上しかけるおのれを懸命におさえた。もう、そのようなことをしている場合ではなかった。

「撤退するぞ！」

めったには、イシュトヴァーンの口からもれることのないことばをきいて、兵士達は驚いたが、イシュトヴァーンにしてみれば、むしろこれほど必死になったことは生まれてはじめて——という心持だった。

（そうかッ！　俺がこんなところで、ばかみたいにやつにのせられて夢中になって戦っているつもりでいるあいだに……やつは、その気になりさえすれば、本当は兵をうしろからまわしてマルガに入らせ……俺のさいごの切り札たるナリスさまを取り返し、マルガを制圧してしまうことだってたやすいんだ……）

というか、むしろ（どうして、そうしないのだろう）という不安さえも感じる。

それは、ゼノンが退却し、がらあきになった戦場をみたときのなんともいえないあの不安と似ていて、そしていっそう激しかった。

（俺は……なんだかまるで、グインの手のひらの上でもてあそばれてるボッカの駒みたいだ……）

これほどに、おのれが無力だ、という不安におののいたことは長いこと覚えがない。

だが、一方でそれはいっそひりひりするほど小気味よくもあった。

（これほど、違うのか。……これほど、力量が異なっているのか……それじゃ、かなっこねえ……どれほど、人数でよしんば俺が上まわっていたとしても……俺は、いまの俺のままじゃあ、絶対にグインにかなわねえ……)

(くそ、くそ——だが、いったい何が違うんだろう、何が……)

これから、それが解決するまでずっとおのれはそれを考えて考えつめるだろう、ということもイシュトヴァーンにはわかっていた。

そうなるだろうと思っていたが、グイン軍は、まったく、撤退するゴーラ軍を追走しては来ず、逆に「追走しているのではないからゆっくりマルガに入るがいい」とでもいうかのようにゆるゆると兵をまとめて動きだし、イシュトヴァーンがマルガに入ったのをみはからって、ゆったりとサラミス街道の北、マルガ街道の北西に陣を張ったのだった。それも、わざとのように、マルガからかなりの距離をとってだ。

マルガに戻ったイシュトヴァーンは、当面籠城のかまえを見せておけ、とマルコに命じて、マルガ市郊外とリリア湖側に防衛線をきびしくはらせ、ヤン・インにそれを指揮させたが、じっさいには籠城するつもりはもうまったくなかった。ただ、そうしたらグインがどう出るものなのか、見てみたかったのだ。

グインからは、翌日の午後に使者が何回かもたらされた。それはいずれもきわめて紳士的なものであり、「神聖パロ国王アルド・ナリス陛下の身柄を解放し、マルガ離宮とマルガ市を制圧下から解放するならば、ケイロニア・神聖パロ連合軍はゴーラ侵略軍の奇襲を大目に見、ユラニアへの退去を許す」というものであった。イシュトヴァーンはひそかに動揺したが、もうひきかえしはならなかった。レムス軍からも同時に魔道師の使者が届いており、「即刻、アルド・ナリスの身柄をレムス軍にお引き渡し下さるという約束のもとに、十万の軍をひきいてゴーラ軍の援軍にかけつける用意あり」というものだったからである。イシュトヴァーンは、ナリスをレムスの手にわたすつもりはまったくなかった。だが、十万の軍——というくだりはまた、（もしもゴーラ軍がこちらの要望に従わなければ、このレムス軍はただちにゴーラ軍追討の軍と変わるぞ）という恫喝をもはらんでいたわけである。

（まあ……あのくそ弱いレムス軍ならば、たとえ十万が二十万だっても、負けるおそれはねえんだが……）

だが、それよりも、イシュトヴァーンを参らせたのが、マルガを襲いつつある飢餓であったのだ。それはもはや一刻の猶予もならぬ状態へまで追いつめられていた。

（くそ……ああ、くそっ、グインのやつは……）

グイン軍の、その後の陣ぞなえも、イシュトヴァーンにとっては、ひどく動揺させられるものだった。

グインはあえてマルガ街道をはなれて、サラミス街道とマルガ街道のまんなかあたりに兵をふたてにわかれて待機させた。そしてレムス軍の南下やカラヴィア騎士団、はてはスカールの騎馬の民までも想定して街道筋の要所要所に兵をおいたが、むしろそれは、ゴーラ軍をうちやぶるためというよりも、ゴーラ軍を守るためとさえいったほうがよかった。

(おそらく、このままゆくと……どこかで俺は確実にナリスさまを取りかえされるな……)

ゴーラ軍が追いつめられてゆくのを待って、悠然とマルガから撤退させ、ユラニアへむけて撤兵してゆくようしむけながら、どこかでいきなりナリスだけを取り戻される——というのが、一番ありうることだろう。

だが、そのあとはどうなるのか。レムス軍と戦うなり、カラヴィア軍をむかえうつなり、そしてかなり距離のあるユラニアまでなんとか兵を率いて逃げてゆけ、ということか。

(くそっ……くそったれがァ。俺はグインの操り人形じゃねえ)

そう、内心に罵ってみればみるほどに、しかし、ほかにはどうすることもできぬいまのおのれの立場について知るだけのことになってしまう。

本当は、ナリスを返し、連合軍の条件をのむかわりに、ユラニアまでの帰り道を保証してくれ、と頼めれば、それが一番いいのだ。おそらくグインはそれを拒むことはせぬだろう。だが、そのことそのものがイシュトヴァーンには片腹痛い。いまここで、グインにそこまで何もかも投げ出して、おのれがグインにはかなわないのだと素直に認めてわびをいれてしまったら、もう自分は一生グインに頭もあがらぬだろうし、ゴーラは一生ケイロニアに頭があがらぬだろう、という気持がある。

（それじゃあ、まだ若いゴーラ軍の士気のほうは大変なことになっちまうだろうしなあ……）

いまとなっては内心で、どうしてこんなところへ、こんな状況下へ追いつめられてしまったのだろう、とひそかに悔やんではいるが、それをおもてに出してしまえば、これこそ本当に指揮官として、統率者として、一国の帝王としてのイシュトヴァーンの面目はまるつぶれだ。

（くそっ……なんだか、どうしても誰かにだまされて、いいようにあしらわれて、ボッカの駒にさせられている気がしてならねえッ……）

その誰かとは、キタイ王ヤンダル・ゾッグなのか、それとも〈闇の司祭〉グラチウスなのか、それともグインなのか、それとも運命神ヤーンなのか。

それはイシュトヴァーンには知るすべもない。ただひたすら、いったいおのれがなぜこのようなところにはまりこんだのか、罠にかかったけもののようにおのれを感じているばかりだ。

だが、マルガの情勢はもうまったく、他の選択を許さぬところにきていたし、とにかくナリスを返して無条件降伏というかたちになることだけはイシュトヴァーン自身も避けなくてはならなかった。

（なら……まあ、しょうがねえ……あっちが強くて取り返されちまう分にはまあ……それだけのことだからな……）

内心にひそかなそういう読みもある。グインほどの相手ならばまた、こちらがそのように考えるにいたったのだ、ということももう当然、ひとつの「ありうる手」として考え、対策をも講じてあるだろう。

（ともかく……俺は、こいつらをなんとか無事になるべくたくさん、イシュタールに連れて帰ってやらなけりゃならねえんだ……）

幸いにしていままでのところ、それほど大きな被害はどのこれまでのいくさでも出ていない。

そうであってみれば、よしんばこの遠征が失敗、ということに終わるとしても、イシュトヴァーンとしては、そのかわりたいした死傷者も出なかった、というところで、ひととおりのいいわけはたつ。

（それにしても……ちくしょう、グインの野郎め……）

なんで、あんなのだろう。何が違うのだろう――

あのルエではじめて戦矛をまじえて以来、その疑問が、イシュトヴァーンの脳からはなれないでいる。

また、そのような疑問をもつことが、ひどく新鮮でもあったのだ。イシュトヴァーンはこれまで一回として、そのような観点からものごとを見たことはなかったのだから。

（そうか……ただ、強い、いくさのしかたがうまいとかって、そういうことじゃねえ……それなら、もっと簡単だし、いずれはこっちが力をつけてきさえすれば勝てる……それなら、いまさら驚かねえ。やつが、すげえ戦士だってことも、すげえ武将だってことも――いい王様らしいってことも……それはもういやというほど知らされてたさ。おのれ自身で知りあっても、またみなの口からもさんざんきかされてな……）

俺と違ってさぞかしいい王様だというんだろうよ――イシュトヴァーンは皮肉に考えた。

（そうじゃねえ。……そういうことじゃねえ。……俺がこれまでわからなかっただけなのか、それほど俺に力がなかった、むしろこんどはじめて、それがわかる程度には力がついてきたってことなのか……それとも、やつのほうも、しだいにこのしばらくで、もともとあった力をさらにつけてきて、そしてああなっていったのか……）

（それはわからねえ……だが、いまの俺にうっすらわかるのは、やつは――やつはこの『目先のいくさの勝敗』とか、そういうものじゃねえものでものごとを見てるようだ、ということだ……）

そんなことを感じたのははじめてだったし、またそんなことを感じさせた相手もグインのほかにはひとりもない。

あのスカールなど、その正反対の極致で、いくさがどうなろうが、互いの軍勢がどうあろうが、ただ望んでいるのはおのれの妻の仇をうつ、イシュトヴァーン個人を殺す、復讐——ただそれだけだった。それはそれで、イシュトヴァーンなどにはいっそひどく理解しやすいことだ。

グインの感じることのほうが当然、イシュトヴァーンにはわからない。それでも、それこそイシュトヴァーンが感じるように、「わからない」と感じられるようになったほどには、わかってきたのかもしれない。以前だったらまったく感じていなかったかもしれないのだ。ただグインのやることなすことを（妙なことをするもんだ……）くらいにしか、思うことができなかったかもしれない。

その意味ではおのれも確かに確実に成長してはいるのだ——そう思うことが、イシュトヴァーンにとってはこのさい、心の支えであった。かつてしたことのない「撤退」の号令をかけるのも、マルガを撤去する、という決断も——（俺が確信をもっていなくちゃ、部下どもはますます動揺するんだ……）という思いのもとに、腹をくって下すことができたし、それをした瞬間に、なんだかさらにおのれが大きく変わった、成長した、と思うことができたのだった。あるいはそれをして、負け惜しみ、というものもいたかもしれないが、それにたいしても、（云いたければ、云ってろ……）と思うことができたのだ。

(野盗……野盗じゃない、ってのは……王である、一国を率いて釆配をふってるってのは……そういうことなのか。いや、必ずしもそうとばかりは限るまい。これまで、一国をひきいてるやつはこれでけっこう見てきた。レムスの野郎だってそうだし、それをいえばどれほど馬鹿でもタリクだってタルーだってネリイでさえ一国の元首だったりしやがったわけなんだ。タルーの場合は元首になりそこねた、っていうんだろうけどな……)

(そして、大きな軍の司令官である、総指揮官だっていうことと……)

そのようなことを、ちらとでも考えたのは、脳裏に浮かべたことさえも、むろん、イシュトヴァーンははじめてである。

(おのれの……きゃつは、なんだか、おのれの軍勢のことだけ考えてるんじゃねえように見える……)

それはなんともいえぬ奇妙な感覚だった。

(だが、きゃつの兵の動かしかたは……あれは、まったく、俺に勝ったり俺をブチ殺すためのものじゃねえ……あれは……なんといったらいいんだろう、うまくいえねえ……くそ……)

(あの若いゼノンとかって小僧っ子の扱い……あれなんざ、俺には……『お前もそろそろ、いろいろなことを覚えとけ』って……そのためだけに出してきて、俺にうち負かさせて、勉強させて、ひっこめた——ようにしか思えなかった。……そしてあのトールってやつはなんだか、徹底的に、いろんなことをグインの思い通りの時間に、思い通りに運ぶためだけにいうことをきいてるみたいで……これも俺の知ってるどんないくさのかたちとも全然違っていた……）

そしてあの、嵐のような、《竜の歯部隊》との戦いの一ザン。

そのときが、一番短かったのに、イシュトヴァーン軍には一番大きな被害が出たのだった。《竜の歯部隊》は容赦なくゴーラ軍を襲い、だが一ザンきっかりで、さっと引き上げてしまった。もしもあれがさらにあと半日続いていれば——いや、たったあと一ザンあれば、ゴーラ軍はあとかたもなくくずれたち、そのままてんでにあるものはマルガへ、あるものは北のはるかなユラニアの方向へ、恐怖にかられて敗走してゆき、このいくさはここで終わっていただろう、ということももう、イシュトヴァーンにはいやというほどわかっている。

だが、グインは兵をひいたのだった。そして、イシュトヴァーンがマルガに撤退するのを待ち、わざわざはなれたところに陣をしいて、降伏をすすめる使者をよこしてきた。その書状のなかに「マルガ市民の窮状、放置すべからず」とあったのを、かつてのイシュトヴァーンならば、まったくただのことばだと思っただろう。

だが、いまは違った。

（あいつ……ほんとにそう思ってやがるのか。マルガの市民が飢えたり、俺に人質の見せしめとして十人づつ殺されることが、いけないと——まずいことだとうれえてやがるのか。……だから、俺を逃がしてマルガから出して、マルガの市民どもの迷惑をとりのぞくために、こうして退路を確保してるってのか……）

いまや、おのれはまさにそのグインのおもわくどおりに、マルガを撤退し、マルガ街道を北上している。

グインの思いどおりに動かされることがどれほど不愉快であっても、しかしその底に、また、（だが、グインの思ってるのは……やつの私利私欲や、ケイロニアのためとか……そういうのだけでさえなさそうだ……）という、これもまた、これまであまりイシュトヴァーンがふれたこともないおどろきに似たものがひそんでいた。

（わからん。——わからねえ。ナリスさまにはわかるのか？ リンダにはわかるのか？ レムス小僧にはわかるまい……どうなんだ、それともわかるのか。カメロンにはどうなんだ——きいてみたい。無事にもどれたら、カメロンにきいてみなくてはならない……）

だが、どう何をたずねてよいかも、うまく説明できないかもしれない。これまで考えたこともない思考であり、感じたことのない感覚であるだけに、イシュトヴァーンのとまどいは深い。

(これは、何なんだろう……この感じは、何なんだろう……)

少し、ほんの少しだけ、あの国元においてきて、このところとみに(あいつと会いたいな)と思ったりしている、うら若いアリサに感じる何かと似ているような気はしないでもない。だが、それとも似て非なる、もっと深く大きな圧倒的ななにか――グイン、という実例が目の前にいなければ、とうてい信じられないような何か――

(まさか、きゃつはなんだって、おのれにはまったくかかわりのないマルガ市民の飢えのことだの……こともあろうに、戦ってる当の相手であるこの俺のことだのを……気にかけるんだ。わからねえ。――きゃつはあんなに非情に、ナリスさまが生きようと死のうと俺には何の興味もない、と云い放ったくせに……)

だがそれはリンダに、愛する夫を取り戻してくれといわれたためなのか、必ずしもそうとも思われない。

ナリスを取り戻そうという、グインの決意は本物のようだ。

(興味がないくせに、ナリスさまを助けだそうと思うのか。……だったらそれはなんでなんだろう。俺にはわからねえ、あいつのやることなすこと……すべてが、わけがわからねえ……)

それでいて、本当は自分にはすべての答えはわかってはいるのだ、ただうまいことばなしにはもう、どうしようもなくなってしまっている。いけれども、そのグインの《手》に乗じて、グインの動かすとおりにあやつられることが見つからないだけなのだ、という気もする。だが、とにかく、いまのおのれはくやし

「――陛下」

撤退が開始されて以来、すっかり無口になっているイシュトヴァーンを案じて、そっとマルコが馬をよせてくる。街道筋は静かで、いまのところ、先鋒をつとめているヤン・インから、ケイロニア軍の襲撃の報告がもたらされるようでもない。ケイロニア軍は、しっかりと陣を張ったまま、イシュトヴァーン軍の到着を待っているようだ。

「なんだ、マルコ」

「おお……よかった」

ふりむいて、ふつうに答えをかえしたイシュトヴァーンに、マルコはほっとしたような顔をした。

「何か、おかげんでもお悪いのかと案じておりました。……いかがなさいましたか、何か、考えごとでもなさっておられましたので」

「なんで、そんなこときくんだ」

「いえ、その……」

「なんか、俺のようすがいつもと違うってのか」

「は……まあ……その――」

「心配するな。ちょっと考えごとをしてるだけだ」

「ならば……よろしゅうございますが……」

「そう……ただ考えごとをしてるだけのことだよ。そういちいち、ひとの顔色を見てびくびくするな」

そうさせたのは、イシュトヴァーンのほうである。イシュトヴァーンのむら気と突発的な激怒、そしてひとがかわったように突然おきる非情や憤怒や残酷の発作、癇癪――そういったものが、イシュトヴァーンの周辺にあるすべての人間に、イシュトヴァーンの一顰一笑にびくびくとおののく習性をたたき込んでしまっているのだ。それは、もともとはヴァラキアの磊落な船乗りであり、剛毅なカメロンの側近であったマルコにさえ、まぬかれなかったものだ。

イシュトヴァーンはちょっと眉をひそめて、はるかなやわらかい青紫色の空を見やった。

「このあと、どうなるんだろう……」

ふと、心のうちの憂悶が声になってもれた。マルコがびくりとふりあおいだ。

「え」

（このあと……無事にイシュタールへ戻りつけるんだろうか……）

それは、決して口に出してはならぬことばであったがゆえに、イシュトヴァーンはぐっとのみこんで、あえて声には出さなかった。だが、イシュトヴァーンのようすをみていて、敏感なマルコにはなんとなくイシュトヴァーンの気持がわかったようだった。

「陛下……」

「ナリスさまは、どうしてる？」

「は、あの、お馬車のなかだと存じますが……ご様子をうかがって参りましょうか」

「いや、いい……」

(俺は、ナリスさまを無事にイシュタールに連れていって……それで、どうするというんだろう……)

ときたま、胸のなかに激しくわきおこっていた疑問。

それを、いまはじめてむきあったかのように、イシュトヴァーンは考えこんだ。さながら、グインについてあれこれと考えていたことが、かれの呪縛された脳を少しだけときはなち、おのれをふとふりかえる余地を与えたかのように。

だが、彼は激しく頭をふって、その思いをふりはらった。

(もう、ここまできてしまったんだ。俺がどうするかなんてことより……ナリスさまがいなけりゃ、俺はここを無事に突破できねえ。……そうだ……レムスとぶつかるときにゃ、逆にナリスさまがいないほうが助かるくらいなんだ。……神聖パロの版図を出るときまでひっぱって、そこでなんとか……ナリスさまを、交渉で返してやるから、こっちの追撃をするなという……そういう話にするしかねえんだろうな。……レムス軍のほうはまあ心配ねえ。あっちはとにかく弱いし、それにパロ北部までいっちまえば――ケイロニア軍のことさえおそれなくてすめば、自由国境に出てしまえばこちらのものだ。むしろ、レムス軍がなんぼ大勢いようと、山岳地帯に入ってしまえば、そんなのはもう……逆に足手まといなくらいだ。ということは……）

（ダーナムか。……それともエルファー――ナリスさまをかえせ、というきゃつらの交渉に応じるのは、ダーナムあたりまで戻ってからだな……）

しきりと思いめぐらしているイシュトヴァーンを、不安そうにマルコは見つめた。

（またしても、この人は変貌しようとしているのだろうか）

（いったい、この人はどうなってしまうのだろう……）

その、奇妙なこころもとなさが、忠実なマルコをとらえていたのだ。

第三話　青　嵐

1

ひたひたと、ひたひたと——

ゴーラ軍はマルガ街道を北上しつつあった。

すでに、西にむかうサラミス街道の北に、グイン軍の本隊が陣地を張っていることはよくわかっている。ひっきりなしに送り出され、戻ってくる斥候たちが次々にもたらす報告はしかし、（グイン軍に動きなし——）（ケイロニア・神聖パロ連合軍には、何の変化もいまのところ見られておりません）というものばかりである。だが、一方で、（ケイロニア国境より南下してくる後続部隊がエルファに到着）という不吉な知らせも入ってきていた。

それについてはイシュトヴァーンは考えてもしかたないとあきらめていた。ケイロニア軍はワルスタット寄りからの補給路を楽々と維持している。そうである以上、そこからはいくらでも、援軍や補給物資が送り込まれてくると思っていなくてはならない。いっぽうイシュトヴァーン軍のほうは、エルファからシュクへ出て自由国境に入るとしても南下してくるケイロニア軍におびやかされ、だがダーナムからケーミ、ユノぞいに自由国境に出るには当然レムス・パロの本拠クリスタルを通過しなくてはならず、そしてなんとかどこかでうまく自由国境地帯に出たとしても、またかなり長いあいだ、険阻な山岳地帯をぬけてゆかなくては安全なユラニア圏内に到着はできない。

また、その自由国境を抜けてゆくあいだはずっと、東からはクム、西からはケイロニアの勢力をおそれていなくてはならないだろう。クムはいまのところ、おもてだってゴーラの敵になっているわけでこそないが、しかし決してきわめて友好的というわけでもない、かなり微妙な関係にある。といって、大回りしてモンゴール側に出るというのはこれはあまりにもとてつもなく大回りすぎる上、モンゴール自体がいまとなっては敵国にもひとしいものとなっている。

それは、長い長い、ひどく難儀な旅になりそうだった。――しかもそれは当面のこの難局を無事切り抜けたとして、の話だったのだが。

ともあれ最初の大問題というのは、マルガをあとにしてきた、飢えて切迫している将兵に、糧食を調達してやることだった。さいわいにして、マルガ郊外を抜けてゆくといくつかの小さな村が街道の左右にひろがっており、イシュトヴァーンがあらかじめ先に出しておいた偵察部隊が話をつけて――なかば恫喝まじりのものであったとはいえ――当面全員にたっぷりとまではゆかぬものの、二日分くらいの食料はなんとかかろうじて確保することができた。しかしそれも、このあとどうなるか、という見通しはとてもたっておらぬままである。食料を買い取るための資金のほうはゴーラの国庫からかなりの軍資金を持ち込んでいたイシュトヴァーンにはいくらでも残っていたが、それとても限りはあろうし、また金があっても肝心の買うべき食料がなければどうにもならぬし、また、毎回毎回そうして三万人分の食料を調達することに必死になっているようでは、とてものことにこのさきの行軍がはかがゆくわけがない。

そうした、遠征のきわめて現実的な側面も含めて、イシュトヴァーンにとっては、実にあとからあとから心痛や頭痛の種がつきぬものだ、と思われることばかりであった。くるときには、それなり充分に糧食も用意していたし、なんといっても意気込みがあって一気に自由国境地帯を南下できた――また自由国境地帯にはけっこう大きな自由都市がいくつもあって、そのゆくさきざきで糧食や必要品を補給することが比較的簡単にできたのだ。

(いっそ、グインのやつがケイロニアからひっぱってきている補給線を途中で襲って、食料をぶんどってやったらどんなもんだろうな)

そんな考えもイシュトヴァーンの頭をかすめたが、これこそまさに野盗の方法というべきであった。そうすれば、ケイロニアの本当の激怒をひきおこすのは避けられないことになってしまうだろう。

とりあえず、水にせよ食料にせよ薬品などにせよ、「ナリスさまの一行の分だけは何があってもかかすな、最初に、最後まで確保しろ」とかたく申し渡してあった。ナリスたちだけは、飢えさせるわけにはゆかなかったのだ。

撤兵にむかったイシュトヴァーンをもうひとつ悩ましていたきわめて重大な問題があった。それは、「ゴーラ本国との通信」がきわめてつけづらくなっていたことであった。すでに街道筋はすべての街道が、ケイロニア・神聖パロ連合軍ないし、レムス軍の制圧するところとなっていた。というか、もともとが、ここはパロ国内であるのだ。すべての街道が、パロ側の街道番におさえられ、主要都市の周辺で厳重に検問されるようになっているのは当然だった。パロの軍勢ならば、街道を通らずに、魔道師のあやしげな動きによって伝令をとばすことも、受け取ることも、おそらくは心話によって遠隔の地にあるままで連絡をとることも可能なのかもしれないが――とイシュトヴァーンは想像した――ゴーラ軍はそういうわけにはゆかぬ。のろしの煙や夜分のあかりによる連絡などでできることは限られている。どうしても、こまかい連絡や伝達は、直接口頭か書面でやるほかはないし、それはやはり人間が知らせをもって往復するほかはない。だが、ケイロニア軍におさえられているところはいうまでもないが、レムス軍がおさえている場所のほうがイシュトヴァーンはいっそう気になっていた。まだ、あのナリスのことば――「自分は、ちゃんとイシュトヴァーンに対して使者と書状とを送っている」ということばをすべて信じたわけではない。だが、もしもそれが本当だとすればその使者と書状とは、おそらくレムス軍におさえられてこちらには届かなくなってしまったのだろうと思われるし、それはありえないことではない。

またかりにちゃんと届いたにしても、そのあいだに敵軍に中身を見られていたり、すりかえられていたり、最悪、まったく敵軍の偽造によるものだ、という可能性さえも疑わなくてはならぬ。だが、こちらから出すのはともかく、ゴーラ本国からのそれへの返事、というものはもう、かなり長いあいだ、イシュトヴァーンのもとへは届いてこなくなっていた。それも無理からぬこととは云えた。イシュトヴァーンのほうはひっきりなしに居場所を変えており、きのういた場所にけさはもういない、というようなことがたてつづいているのであるから、よしんば国もとから伝令や報告が差し出されていたにしても、それが現在のイシュトヴァーンの居場所をたずねあててやっと追いついたときにはもうひどくそれは古い情報になってしまっている、というのはあまりにもありうることである。それでも、たどりつけたらそれだけでもその使者はきわめて幸運であったのかもしれない。

ことに自由国境の山中にいるときなどは、それはもう、居場所をたずねあてろというほうが無理な話であった。一応、パロ国内に入ってきてからは、おそらくあるていど、パロの情報網にもひっかかってきてはいるから、自由国境のときよりはイシュトヴァーンの現状が多少伝わっているかもしれないが、それも、ずっと南下をつづけ、さいごにマルガにあらわれるまでの動線はまったく届いていないと思ったほうがいい。マルガには多少おちついたものの、考えてみれば六、七日しか滞在してはいない結果になっているので、やはり、いまでもイシュトヴァーンとそのひきいる軍隊の正確な所在、というものは、なかなかに国もとにはわからぬものがあるはずである。

こちらからは、それでもとりあえずせっせとようすを伝令に定期的に、書状をもたせて送り出しているが、それがどのていどちゃんと伝わっているのかもうひとつ確信がもてない。それゆえ、援軍を頼むということでも、いつまでにどのような援軍が期待できるのかは、いっこうにわからないのである。

そうした悪条件をこえて、なおもそれでも、イシュトヴァーンは撤退を続けなくてはならなかった。もう、残された道はそれしかなかったからである。それ以上マルガにいればさらに事態は切迫しただろうし、といって唯一あいている方向を選んで南まわりでまわりこむ道はあまりにも困難で遠回りすぎる。

（まあいい……とにかく、逆にグインのほうが、俺をそうやって無事に逃がしてくれようって気持なのだったら……俺はそれに乗じてとにかくゆけるところまでまっすぐゆけばいいってことだ。……そうすればまたなにかと展望が変わってくる……)

その、イシュトヴァーンのひそかな読みを——

だが、また、しかし、グインはあざやかな背負い投げで裏切った。

「報告! ご報告を申し上げます!」

青く輝く小さな、だが美しいリリア湖をうしろにして、シランにむかってともかくもマルガ街道を北上し、シランを目指していたイシュトヴァーンのもとに、先鋒のヤン・インからの取り乱した報告がもたらされたのだ。

「グイン軍が動きました! ふたてにわけてあった兵のいっぽうを、グイン王自らがひきい、まっすぐに平野をつっきって、わが軍の先回りするようにシランの手前をめざしてマルガ街道筋へ!」

「なんだと」

イシュトヴァーンは怒鳴った。

「グインがマルガ街道へだと」

マルガ市内から避難するマルガ市民を守るために、サラミス街道の北にひとつの陣を張り、そしてふたてにわけた兵のもうひとつをマルガ街道の南西において、わざわざマルガ街道をがらあきになるようにはからって、イシュトヴァーン軍が退却しやすいように便宜をはかってくれている——

そう、イシュトヴァーンは思い込んでいたのだ。だが、考えてみれば、グインがそのように兵をわけたのは、サラミス街道を制圧しつつ、じっさいにはいつなりとマルガ街道へも制圧の兵をくりだせる、絶好の位置にあった、ということでもある。

「くそ、あれこれと小癪なまねをしくさって」

イシュトヴァーンは呻いた。

「冗談じゃねエ。……よし、しょうがねえ、迎えうつぞッ！」

どうも、グインに関するかぎり、後手後手とまわっている——こちらの読みがことごとくそらされ、そして相手が何を考えてどのように行動しようとしているのか、読めば必ずそれをそらすように相手は違う手をくりだしてくる——そういうもどかしさと困惑を、さしものイシュトヴァーンも感じぬわけにはゆかぬ。

だが、もう、そのようなことをさえ、いっている場合ではなかった。

ただちに本隊を停止させ、親衛隊に、人質の馬車を厳重にとりかこんで守らせる。おのれが出たいのはやまやまだったが、イシュトヴァーンはあえてヤン・インをグインにあてることにし、ルアー騎士団と親衛隊からさらにいくばくの兵をさいてヤン・インのひきいている部隊の増援をさせた。最終的にはグインの目的は、人質を取り戻すこと——それにさだまっていることが、わかっていたからである。

「来るなら来い。人質を取り返せるものなら、取り返してみろ」

イシュトヴァーンは、おのれの精鋭のあいだをぬけて、彼自身もぴったりと馬車のかたわらについてそこをあらたな本陣とした。そこからすべての指令をとばし、戦況を見張れるように、ナリスの馬車のかたわらに椅子をもってこさせる。

「窓をあけろ。俺だ、イシュトヴァーンだ」

御座馬車の窓を荒っぽく叩くと、ヨナが憤慨したように窓をうすくあけた。

「そのようにあらけなく叩かないでくれませんか、イシュト。……声をかけてくれればこちらからあけますから」

「うるせえ、こんなとこでまでお上品ぶってんじゃねえ。……ナリスさまはどうしてられるんだ。お加減はどうだ？」

「私は、ここにいるよ、イシュトヴァーン」

馬車のうちから低いいらえをきいて、イシュトヴァーンは、馬車の扉に手をかけ、ひきあけた。

「イシュト！」

ヨナが困惑したように、とがめる声をあげる。

「居心地はどうだ？　だいぶん、揺れておからだにさわるようか？」

イシュトヴァーンは馬車の乗り口の踏み段に足をかけて、中をのぞきこみながら口早にいう。ナリスはヨナとカイと、小姓たちとに囲まれて、ひっそりと馬車にしつらえた寝台に上体をおこした状態で身をよこたえていた。馬車のなかはうすぐらく、妙にひんやりして感じられる。

「何かあったのか。それとももうここで野営することになったのか？」

「うるせえな。……グイン軍の奇襲だ」

イシュトヴァーンは荒々しく云った。

「おおかたナリスさまを取り戻そうと必死なんだろうが、こちらもそういうわけにはゆかねえ。ナリスさまを渡してしまったら、こちらも七里《しちり》結界《けっぱい》なんだ。何があろうとあんたはグイン軍には——リンダにもだ、渡さねえから、そう思えよ」

「私を人質にしたところで、足手まといになるばかりだよ」

ナリスは馬車の奥の暗がりから、落ち着いた声を出した。

「こんな、身動きも不自由な人質などかかえていたら、かえって勝てる戦いも勝機を逃してしまいかねない。……もう、マルガを撤退するところまで思いきったのだから、このさい、私を取引の材料に使って、ここを切り抜けるほうを選んでみたらどうだ」

「なんだと」

イシュトヴァーンはけわしい目でナリスをにらんだ。

「私をイシュタールに連れてゆく——というようなおろかな考えはもう捨てたのだろう？　だったら、もうちょっとだけ賢くなってみてはどうだろうね？　何回か、グインからの使者がきているのだろう、私を引き渡すようにという交渉が。あなたはそれにまったく応じようとしなかったようだが、いまここでなら、私をたとえばイシュタールとまではゆくまいが自由国境地帯をすぎたところで解放するから、そこまで手を出すな——あるいはそれどころか、そこまで護衛してレムス軍に私を奪われないようにしてくれ、とさえ交渉できるはずだよ。本当に極端なことをいえば、イシュタールまでゴーラ軍を護衛してきてくれれば、そこで私を解放する、ということさえできるのだよ。それは考えなかったのか？」

「……………」

一瞬ぎくりとして、イシュトヴァーンはナリスをにらんだ。

それから、ふうっと深い息を吐き出した。

「何を考えてる」

うしろの、あわただしく配置換えのため動き出している軍勢の気配を気にしながら、けわしい声で低くいう。

「なんだってそんなことをいう。あんたは、どういうつもりなんだ」

「どういうつもりもなにも……思ったことをいっているだけだよ。まあ多少は、私自身も、このままイシュタールへ連れてゆかれてしまうのも、レムス軍につかまってなぶり殺されるのもごめんだ、という気持がないわけじゃあないが」

「そんなことはさせねえ。この俺がこうしてここにいるかぎり、レムス軍にあんたをとらえさせるようなことはこんりんざいさせるものか」

荒々しく、イシュトヴァーンは云った。

「それだけは心配するな。何があろうとあんたは誰にも渡さねえ。レムス軍なんかゴーラ軍にとっちゃ屁でもねえんだ。下らねえ心配はするな」

「心配しているわけじゃないんだよ、イシュトヴァーン」

ナリスは苦笑した。イシュトヴァーンはぞくりと身をふるわせた。なんとなく、おだやかで、何ひとつかわったことなど起きていないかのようなそのナリスの低い声と、いつにかわらぬ落ち着いたものいいを聞いていると、いまがどのような切迫したときで、どういう状況におのれらが置かれてるのか、というのを、ふっと見失いそうになる。それが、一瞬、イシュトヴァーンにはまるでナリスの魔術のように感じられたのだ。

黒い、妖しく深い瞳がじっとイシュトヴァーンを、馬車の奥の暗がりにうかぶ小さな白い顔のなかから見つめている。そのまま、ナリスの魔法にひきこまれて、正気を見失ってゆくようなおののきにとらえられて、イシュトヴァーンはふたたび激しく身をふるわせ、首をふっておのれをとりもどそうとした。

「それよりも、もうこんなさいだからこそ、飾らずに話し合いができるのではないかと期待しているところだ。……ねえ、イシュトヴァーン、どうしてこの期に及んでさえ、

そなたは私をイシュタールに連れてゆくことにそのようにこだわるのだ？　それについてはどうしても、そなたとちゃんと話し合うことが出来ぬまま、とうとうこうなってしまったが、それについては、私は誰よりも深甚な疑問を持っていたのだよ。……いったい、どうしてなのだ？」

「……」

イシュトヴァーンはくちびるをかんだ。

「私はもうこのとおりひたすら足手まといになるだけの存在だし、私が女性ででもあったなら、それは違う意味での執着ということも考えられもしようが、そなたはそういう意味で私に執着しているわけでもない。……だとしたら、なぜ、そのように私をイシュタールに連れてゆきたがる？　私を連れていってどうしようというのだ？　古代機械は

——」

ふいに、ナリスの黒いあやしい瞳が、その馬車全体にひろがっておのれを飲み込もうとしているような錯覚がイシュトヴァーンをとらえた。

「古代機械は、イシュタールにはないのだよ」

「なんだって」

イシュトヴァーンはかすれた声をだした。

「何だと。この……この悪魔め、なんといった」

「イシュト、ナリスさまになんというご無礼な口を……」

言いかけたヨナを、ナリスはかろく目顔でおさえた。

「いま云ったとおりだよ、イシュトヴァーン。古代機械はイシュタールにはない。私をイシュタールに連れていったところでものの役にはたたぬ——それよりも、もしもそなたが、私が古代機械の秘密を握っているからという理由で、私を得たいと、かのキタイ王と同じように欲したのなら、ねえ、イシュトヴァーン、むしろ……」

「……」

「むしろ、レムス軍をクリスタルから追い払うことに力を注いだほうがいいのではないのかな？　そうしたら……クリスタルに入り、クリスタル・パレスに入城することができてこそ、私の——古代機械への造詣も、それを操縦するすべをただ私だけが知っていることも、それなりに役にたつのではないかい？」

「ナリスさま……」

ヨナがちょっと鼻白んだようすでナリスを見つめた。ナリスのおもてはさえざえと白くしずまりかえっていた。その口辺にだけはかすかな笑みが漂っていたが。この人はなんだか、だんだん人間離れしてくるようだ——思わず、ヨナは——ヨナでさえもが——ひそかに考えた。

「何をいうんだ……あんたは……」

イシュトヴァーンはあえぐようにいう。その顔に、おろかしいとさえ云いたくなるような、ぽかんとした虚を突かれた表情が浮かんでいる。

「いったい、何を言い出すと思えば……」

「大したことを云っているわけじゃあない。……このような機会だから、思ったことを思ったとおりにいっているだけだよ。ねえ、イシュトヴァーン、もしもそれなら……そなたが、レムス軍を追い払い、クリスタル・パレスに入って古代機械の秘密を得たいがためにこのようにして私を連れ去ったというのだったらね、ならば、いますぐにでもグイン王とリンダ——そしてヴァレリウスに私から連絡をとろう。そして、ゴーラ軍と同盟を結んでクリスタルを手にいれ、レムス軍を制圧させるように働きかけることだってできるのだよ。……どう思う、それは、ねがってもないことだと思わないか？」

「な……な——」

「その可能性は考えてもいなかったのか。……だがね、イシュトヴァーン、われわれ国王だの王族だの大公だの——一国を仕切り、支配し、国益やもっと巨大な目的をたえず念頭において動いているものはね、時として本当に身もふたもないし、また時として本当に面子も体面も主義主張さえもないときもあるのだよ。……そうでなくては、やってゆけないからね。それがひととしてふたごころありと思われることもあろうし、また許し難い信ずべからざる背徳のともがらと見られることもあろう。だがそれは——そうした貴人というものはある意味、本当の意味ではもう、《ひと》ではない、ということだと私は思うよ。我々は神聖な……個人としての信義よりもさらに重大な、支配者としての目的のために動いている。おのれ個人の身や誇りよりさえも時としてあまりにも重大な、ね」

「……」

どう考えていいのかわからず、イシュトヴァーンはしきりと唸った。

「あんたは……俺をたぶらかそうとしてんのか？」

「とんでもない。あなたがゴーラ王であると考えて、ゴーラ王に対して、神聖パロの王としての申し出をしているまでだよ。……私が口をきけばリンダも、むろんヴァレリウス、そしてグインもおそらく、すべては水に流してとりあえずゴーラ軍と手をくむことも必要だと考えるだろう。……そしてそれが神聖パロがレムス・パロを駆逐することにつらなるのであったら、私にはそれは願ってもない結果でもある。そのために私が中原諸国から信ずべからざるふたごころの徒と思われるにしたところで、それはどうにでもとりかえしがつくからね。……どうだろう、イシュトヴァーン、この提案は考えてみるだけの価値があるのではないかい？　私をイシュタールに連れていって、人形にして飾っておくつもりでもなければ、キタイ王がいみじくもうそぶいたとおり後宮にいれるほど物好きでもなければ——私にイシュタールへの旅をさせてくれたいがためにそういうことをいっているほど親切というわけでもないのだろう？　君は」

「う……う……」

イシュトヴァーンは唸った。そしてけわしくナリスをにらんだ。

「あんたは……俺をだまそうとしてるんではないのか？」

疑り深そうにたずねる。

「なんか、そうとしか思えねえ……あんたは口がうますぎる。あんたのいうことばはなんだか音楽みたいに聞こえるばかりで俺には……どうしてもあんたの真意がわからねえ。だが……」

「だましたところでどうなるものでもないよ、イシュトヴァーン。私はこれ以上率直には語れぬほど率直に喋っているよ」

ナリスは苦笑した。

「私にはもう本当に、この身よりほかに何ひとつ持ち物はないのだからね。……だからこそ、私はそのさいごの武器を使って——私の知能や私の持っている機密や、そういうものを武器にしてなおもたたかいつづけようとしているだけだよ。そうだろう」

「そ……」

イシュトヴァーンは何か言いかけた。

だがそのとたんに、

「陛下ッ！　グイン軍がせめよせてきました！」

小姓の絶叫に、はっとふりかえった。

「いまはそれどころじゃねえんだ。大人しく待ってろ。いいか、つまらねえ小細工するんじゃねえぞ、この悪魔め」

言い捨てるなり、イシュトヴァーンは馬車のドアをばたんとしめた。そして、あとも見ずに——まるで馬車から逃げ出したいかのようにおのれの戦い馴れた戦いだけが待っている戦場のほうへむかってかけだしていった。

2

「ナリスさま……」

馬車のなかには、もとどおりの静寂がおとずれた。

ヨナは、かすかに、ナリスを見上げて苦笑とも、憫笑ともつかぬ笑いを浮かべてみせた。

「だいぶ……イシュトヴァーンは動揺しておりましたが……」

「ああ、まあね、それはそうなってもらわないと」

ナリスはうすく笑う。

「もっと早くに直接にそうしてゆさぶりをかけてやれる機会が欲しかったのだが——あれも、警戒していたのかな、なかなか直接に私と話をしようとはしてくれなかったので——だが、まあ、ここまで追いつめられないと、ああいうやつにはなかなか自分がどのような立場になっているか、飲み込みにくいものかもしれないな。それはそれで……」

「は……」

「すぐにヴァレリウスに連絡をとって、グインのほうへもそのように働きかけてもらったほうがいいのだろうな。いや、どのみち、こういうこともありうるかもしれないよ、ということはもう、こないだ心話でヴァレリウスとも話しているが」

「グイン王は、しかし、イシュトヴァーンと組むおつもりはないのではないかということでしたが……」

「だから、事情がかわればね。……グインについては心配はいらない。あれは私と同じく、生まれついての支配者だ。成り上がりの野盗じゃない。……彼もまた大所高所からのみものごとを考える。ゴーラと結ぶことによってケイロニアの面子がつぶれる、などということは、まことに重大な目的を達成するためにはどうでもいいと思うだろうさ」

「は……」

「まして私がこうしてここに人質にとられているのだから……もともと、私一人であれば、私がどうなろうと知ったことではないとグインも思うかもしれないが――いまは、あちらは神聖パロとの連合軍として、リンダの同盟者としてそこにいるわけだからね。……私のいのちを救うためならば……クリスタル軍と戦うことも、あえてするだろうし、それに……」

「……」

「まあ、なりゆきでこうならざるを得なかったとはいえ……なかなかに、憮然とすることではあるね」

　ナリスはうすい微笑をうかべた。

「私自身が必死にたたかっているよりも、私が無力な人質としてこうしているほうが、ものごとを動かす力の原動力たりうるというのがね。私自身では絶対にレムス軍にうちかつことも、ケイロニア軍に神聖パロのために戦うようたたせることも出来なかったのだが、私が人質にとられることによって、それがうそのように可能になるというのは……なかなか、皮肉きわまりないものがある」

「それはもう……ナリスさまは、ナリスさまでいらっしゃることが最大の重大事であられるのですから……」

「そこのところだね、憮然とせざるをえないのは。……ということは、私のするわざよりも、能力よりも、私の血筋だの、私の存在だののほうが、はるかに有能だ、有効だということなのだからね。――まあいい」

　ナリスは苦笑した。

「外で、だいぶん戦闘が激しくなってきたようだ。いよいよ、グインとイシュトヴァーンとの激突なのかな？　だとすればヴァレリウスに、あまり手ひどくイシュトヴァーンをいためつけすぎないようにと、グインに頼んでもらわねばならないが」

「私からは申しあげかねることではありますが……」

ヨナはつぶやくようにいった。

「やはりそれでもなお、幼な馴染みだの……義理があるのということを考えざるを得ませんので……おろかな私の心は。——グインどのが、イシュトヴァーンを……うちはたすことだけはしないでやってくだされば、私はそれでもう……」

「むろんそんなことは決してせぬさ、グインは」

ナリスはうけあった。かれらのかわす口調をきいていたら、それが、ひとつ間違えばかれら自身もあえないさいごをとげるかもしれぬ戦場のまっただなかに取り残されている人質のことばとはとても思えなかっただろう。

「最初から、イシュタールにイシュトヴァーンを追い返すつもりだと思っているよ、私は、あのひとのもくろみは。だが、その前に、彼はおそらく徹底的にイシュトヴァーンに思い知らせるだろう——おのれに何が欠けており、何が足りないかをね。もしそれでイシュトヴァーンがいろいろなことを学ぶことができたら、それはそれで新しい時代が中原に到来するということになるだろうし——おお、あのときの声は何だ?」

「見て参りますか」

カイがいう。ナリスは首をふった。

「外に出ぬほうがいい。おそらくはかなりの乱戦状態になっているだろうからね。だがこの馬車が攻撃されることはない。窓をあけて、イシュトヴァーンが出陣したのかどうか、護衛のゴーラ兵にきいてみてくれ、セラン」

「かしこまりました」

「イシュトヴァーンが出陣したのなら、もうたぶんまもなく答えも出ると思うが……」

ナリスはまた、うっすらと笑った。

「それともグインはもっともったいをつけるかな。……いまのイシュトヴァーンでは、おのれにはとうていかないようもないのだということを、どのくらいの時間をかけて思い知らせるか、というだけのことだがね。……おお、ヴァレリウスからの心話だ。あちらもいよいよ動き出したようだ」

＊

「くそ……畜生。畜生っ……」

イシュトヴァーンは、おのれがずっと低い声で、何を口走っているのかも、あまり意識はしていなかった。

もともとがひとりごとをいうくせのある彼である。その上に、あまりにもこのところ、あふれんばかりの思うこと、感じることがありすぎ、あわただしくものごとが転変しすぎて、おのれのなかでも整理がつかなくなっているきらいがあるのだ。気が付くと、ひとりで夢中で（くそっ……）と口走ってしまっている。小姓に「何か、云われましたか、陛下」と声をかけられてはっと気づいて「なんでもねえよッ」ととりつくろうのが精一杯だ。ことに、思い詰めてくると、彼の口は彼の意志とはかかわりなく、なかば溜息そのもののようにそのつぶやきを洩らしている。

「くそ……なんだってんだ、畜生っ……」

ずっと、彼は、さきほどから、うずうずしてどうにもならぬおのれをおさえたほうがいいのか、それともこのまま ときはなってしまったほうがいいのか、決めかねて迷いに迷っているのだった。

ナリスのことばは、そうでなくてもその前からのグインとのたたかいにかなりゆさぶられていたイシュトヴァーンの心に、激しい痛打を与えていた。

(なんてことだ……)

そのようにふるまう方法もあったのだ、ということを——ナリスを人質にというだけではなく、交渉の材料としてたくみに使う、ということに、うすうすは気づいていながら、どうするのが一番効果的なのかを考えつかなかったおのれがまずくやしい。それから、それを——自分自身をどう扱うと一番効果的か、ということを、平然と彼に告げたナリスにも、彼はかなりの衝撃を受けてしまっている。それは、いっぽうでは、(あなたは、私には、何も危害を加えることはできないよ——)という、あまりにも不敵な自信でもあったからだ。その上に、いかなイシュトヴァーンでも、ナリスのそのことばどおりにすれば、おのれがたくみにナリスにあやつられて、結局は神聖パロの利害にもっともかなう方法で動かされてゆくことになるのだ、というくらいのことはわかる。

ナリスのことばはいろいろな意味でイシュトヴァーンには衝撃であった。その前の、グインの戦いぶり、ひきぶり、ひきぎわ、兵の使い方、などをみていてずっとひそかに感じていたこと――(何かが決定的に違う)ということを、それとは違う意味でではあったが、ナリスもまた、イシュトヴァーンに思い知らせていたのだ。

(これはなんといったらいいんだろう……俺にとっては……知らなかったものだ。そうだ、確かに……俺は、知らなかった……何も……)

グインの兵の動かし方のむこうに、イシュトヴァーンは、彼がずっと最大の目的としてきた目先の勝利や、力づくでの征服をこえるなにものかの影をみたのだった。それはイシュトヴァーンを不安にさせ、そしてこれまでまったく知らなかった世界にむかってかすかに目を開かせていた。いうなれば《帝王学》というようなものの方向へ。

そして、ナリスのことばもまた、イシュトヴァーンに、(この人もか……!)という衝撃をあたえていたのだ。グインのそれとは違う、むしろ武ではなく文の方向ではあるけれども、同じように、より高く巨大な目的のために仕える魂の動きのようなものを。

(俺は、何か……根本的に間違ったことをしてきたんだろうか……)

(俺はもしかして……本当に何も知らず、あたるをさいわい暴れまくってきたただの野盗だったんだろうか……）

それが、何が悪い――力がすべてを制圧するのだ、力に屈するものがわるいのだ、と激しく思い詰めてここまできたイシュトヴァーンである。

だが、《力》――少なくともイシュトヴァーンの思っている目の前の力だけではない、何かもっと巨大な力、それが、もしかしたら存在しているのかもしれぬ、という恐慌がイシュトヴァーンをとらえている。そして、その巨大なものが、もしその気になればいつでも彼を叩きつぶすことができるのだ、という恐怖が。

（くそっ。――くそーッ！）

ナリスの馬車から戻ってきておのれの本陣についていらい、ずっと彼はそう口のなかでつぶやきつづけていたが、それはおそらく、その恐怖と恐慌にこらえかねたがゆえだった。

（俺はどうすればいいんだろう……俺は……）

自分がどれほど無謀な遠征をして来、どれほど乱暴にふるまい、マルガを力づくでおとしいれ――そしてたぶん、中原の状況に荒々しい波乱と波紋をひろげたか、ということを、イシュトヴァーンはいまになってあらためて激しく感じている。

それはまんざら、彼には悪い感じでもなかった。それほどにおのれに、中原をゆるがす力があるのだ、と感じることができたからである。だが、いま、グインの猛攻撃にあって、イシュトヴァーンはなんとなくまるで、好き放題に暴れていたものを、先生に見つかって仕置をされかけている子どものようなこころもとない、足もとのおぼつかぬ気持になってきてしまっているのだった。

（それに……）

グイン軍は、ゴーラ軍に容赦なく攻めかかり、猛攻を加えている。その知らせが次々と本陣に届く。これまでの彼なら、まっしぐらに兵をひきいて躍り出し、先頭きってグイン軍の精鋭に攻め込んでおのが部下たちを鼓舞しようとしていただろう。いまも、そうしたものかどうかとからだじゅうがうずうずして、しっかりと愛剣の柄をつかんだまま、馬をそこに待たせたまま歯をくいしばっている。小姓たちも近習たちも、親衛隊の将校たちも、先日来のイシュトヴァーンのようすが、以前のように無鉄砲に先頭をきって飛び出してゆかぬことを不審に思っているらしく、ときたまいぶかしげな、たずねるような目がこちらに向けられるのをもイシュトヴァーンは感じている。

だが、かれらは、ナリスという人質を、イシュトヴァーンが、何がなんでも相手に渡すまいと守っているのを最大の任務にしているからこうなのだ、というようになんとか理解しているようだった。だが、イシュトヴァーンのそばにいて、その挙動をみているかれらはともかく、そうでないほかの部隊のものたちは、（なぜ、イシュトヴァーン王はいつものように精鋭をひきいて駆け入ってきて下さらないのか）と、心もとなく、不安に思っているに違いない。それもイシュトヴァーンにはわかっている。いずれは、出ていってやらねば、おそらくヤン・イン軍の士気そのものが猛烈に低下してくずれたってしまうに違いない。

(だが……俺が出ても……大丈夫なのか?)

小姓たちが心配しているとおり、ナリスの馬車を置き去りにして乱戦のなかへ出てゆくことへの不安もかなりある。相手は魔道師をあやつるパロの軍との連合軍なのだ。連動をもくろんで、ケイロニア軍が猛攻をかけてイシュトヴァーンを本陣からひっぱりだし、そのあいだにパロの魔道師軍団がナリスの救出をする、などというのは、誰にでも考えつく作戦でしかないだろう。

(しかし、まあ……それだったら、俺が……ここにいても同じことかもしれねえな、魔道師がもし魔道でもって攻めてくるようだったらな……)

以前よりはイシュトヴァーンも、多少、魔道師の方法について学んできている。

そして、だが、それにも増して——

ずっとグインたちにも云われていたこと、そしてナリスにもいわれたこと、それがイシュトヴァーンの心に激しくひっかかっている。

(イシュタールへ……ナリスさまを連れていって、どうしようというんだろう……俺は……?)

それは、あのグインとリンダたちとの会見以来、ずっとイシュトヴァーンの心のなかにあったひそかな疑問でもある。

だが、それについて考えていると必ず、しだいに頭が痛くなってきて、割れるように痛み出し、何も考えられなくなるがゆえに、イシュトヴァーンは、(まあ、いいや……こんど考えよう……)と、その考えを考えつめることをやめて、頭から追いやってしまうのがつねだった。

(俺は……)

いまも、そのことを考えようとしただけで、頭のどこかに、さっと敏感に身構えてうずきだす頭痛の予兆を感じる。さすがにそういうこともたびかさなると、(これは、いったい何だろう――?)とくらいは、さしものイシュトヴァーンもいぶかしむことができるようになっている。

(なんだか、何かがおかしい……くそ、だが、いったい何がどうおかしいんだかが、そいつがわからねえ……何なんだろう。いったい、何だってんだ……)

自分の頭が、全部自分のものではないのではないか――

そんな、えたいの知れない恐怖など、これまでただの一回も感じたこともなければ、そんな混乱も、むろん頭痛も、感じたことがないのだ。それだけに、自分にもしかして何か異様なことがおこりかけているのではないか、ということは、うすうすイシュトヴアーンにもわからないでもない。だが、それが何なのかはまったく理解できないだけに、いっそううす気味が悪く、しかもそれについて考えるのが（危険だ）という警報のように激しい頭痛がおきてくるのだ。

（どうなっちまったんだろう、俺の頭は……）

どうして、ナリスをイシュタールに連れてゆく、ということこの問題についてだけ、こんなにも何も考えられなくなるのか。

だが、なんで、何も考えられないのか、ということを考えただけでも頭が痛むのだ。それもイシュトヴァーンの動物的にとぎすまされた感覚に、異様なおびえのようなもの、奇妙な不安をしだいにあおりたてている。

（くそっ。……くそったれが、くそっ……）

それで、イシュトヴァーンとしては、そう口のなかでののしって、せめて少しでもその不安を吐き出しているほかはなかったのだが――

「ヤン・イン将軍より、援軍の要請が参っております！　先鋒軍、ケイロニア軍の猛攻にくずれたつ寸前でありますとのことでございます！」

ふたたび、伝令の悲鳴のような報告をうけて、イシュトヴァーンは思わず椅子を蹴って突っ立った。かたわらにいつにかわらぬ忠実な副官としてついていたマルコが驚いてイシュトヴァーンを見上げる。

「陛下――？」

「くそっ……くそったれがァア！」

ついに、たまりかねた――

というのが、一番、正確であったかもしれぬ。

イシュトヴァーンは、弓につがえられたまま、いつまでもはなたれることを許されずにひきとめられている征矢のようなものであった。

「もう……ああ、もう、我慢できねえッ！」

「陛下！」

「駄目だ。もうこらえきれねえ」

イシュトヴァーンは怒鳴った。瞬間に、頭のなかにわだかまっていた頭痛の芽のようなものが消えて、瞬間的にだがすっきりしてくるような気がする。

「俺ぁ出るぞッ！　マルコ、ここは頼めるな」

「は……それはもう、うけたまわりますが……」

マルコは相当に不安そうな顔をする。

「しかし、そのう……もしもパロの魔道師の、国王を取り戻そうとする動きがあった場合、私では、おそらく魔道に対応する方法が、ですね……」

「わかってる、お前の責任におっかぶせる気はねえから安心しろ」

イシュトヴァーンは荒々しく云った。そうしながら、小姓どもに出陣の準備をするよう合図した。

「第一、そんなの、俺がついてたとこでかわりゃしねえよ！　魔道師どもがどう出るかなんざ、まともなかたぎの沿海州の人間にわかるかよ！　そうじゃねえか」

「は、はあ……」

「ただとにかく、ヤン・インをほっとくわけにゆかねえし、このままじゃあ士気にかかわっちまうからな。リー・ムー軍は投入するわけにはゆかねえ、あの健気らしいマルガの残党どもの追撃もあるかもしれねえしな。俺がゆくっきゃねえだろう。心配するな、マルコ、これは、様子見だけだ。そこでいつもみてえにハマったりはしねえよ。すぐ戻ってくるから安心しろ」

「は、はい」

これまた、いつもならイシュトヴァーンが決して云わぬような台詞である。マルコはちょっと驚いて、（また、この人は変わろうとしているのだろうか……）というような目つきでいぶかるようにイシュトヴァーンを見つめた。だが、イシュトヴァーンはもう、愛馬に飛び乗りかけていた。

「おーし、ここはまかせたからな、マルコ！　大丈夫だ、俺のすがたをとにかくヤン・イン軍に見せてやればやつらは崩れねえ。それに俺もちょっと……ちょっと様子を見てこれえことには……」

云わせもはてず、もうイシュトヴァーンは馬腹を蹴っている。

「やっぱり、俺が行かなきゃ駄目なんだ、きゃつらは！　大丈夫だ、俺のすがたを見るだけできゃつらは勇気百倍するさ。いってくる、戦線をとりまとめてすぐ戻るから待ってろ、マルコ。頼んだぞ」

「は、はいっ！」

心もとないようすで、マルコはうなづいた。

「ついてこい。親衛隊、第一中隊から第四中隊までは俺にはなれずついてこいッ。ルアー騎士団第三大隊、第四大隊ははなれぎみについてきて戦線の手前で待機し、俺から命令がありしだい合流しろ。いいな！」

「かしこまりました！」

じっさいには親衛隊のほうも、いつものイシュトヴァーンの戦いぶりとかなりようすがかわってきているこのたびのマルガ攻防に、ずいぶんととまどったり、もどかしがったり、不安がったりしていたのだ。ようやくイシュトヴァーンが出る、ときいて、欣喜雀躍、勇躍戦線を目指して馬をかりたてる。

「ハイッ！」

イシュトヴァーンは愛馬にムチをあてた。

街道ぞいに馬車をとめ、そのまわりをびっしりと親衛隊とルアー騎士団の中核で埋め尽くした本隊から、二モータッドばかりはなれた街道をはなれた草原を舞台に、グイン軍の精鋭がヤン・インひきいるゴーラ軍の先鋒部隊を襲っている。その報告はすでに受けている。

「くそ、見てろ、グイン」

おのれのなかにある奇妙なまどいも、不安も、葛藤も――

むしろ、それがあればこそ、ためらいも、恐慌もすべてをはらすにはいっそ剣をふるって暴れまわるしかない、そんなやけくそな思いがイシュトヴァーンをあらためてとらえていた。

(くそ――くそがッ)

しだいにつのってくる、おのれ自身の来し方行く末に対する不安感も、またえたいの知れぬ何かのワナにまさにとらえられようとしている、というような恐慌と、黒いどろどろとした未知の海に飲み込まれていってしまいそうな恐怖も――

このままでいたら、まっさかさまにおちていってしまいそうな心もとなさも。

「ついて来いッ！　ケイロニアのやつらに、ゴーラ王イシュトヴァーン親衛隊の底力を見せつけてやるんだッ！――相手にとって不足なし、さあ、行くぞ、ここを一期とついて来い、野郎ら！」

イシュトヴァーンは声をはげまして叫んだ。

「イシュトヴァーン！　イシュトヴァーン！」

激しいときの声がこたえてくる——それを背中にあびていることが、なんともいえぬほどイシュトヴァーンを力づける。

（見ろ……俺だって……これまでにこうやって、やるだけのことはしてきたんだ……もう俺は野盗じゃねえ、無力なガキでもねえ……ちゃんとこうやって、力をつけて、仲間をつくり、部下どもを訓練して……ここまできたんだ。そりゃ、ちっとは……まずいこともしたかもしれねえし、下手も打ったかもしれねえけど、だが……）

（案ずるな、イシュトヴァーン……お前には軍神ルアーがついてる……いつだってルアーの生まれかわりのようだと、鬼神そのものだと云われてたじゃねえか……案ずるな……大丈夫だ、お前ほどの戦士は……グインは別として、この中原広しといえども、一人もいやしねえんだ……これまでのすべてのたたかいが、そのことを証明してくれたんだ……）

その、思いを、さらにうらづけずにはおかぬ。

イシュトヴァーンは、激しく、声をあげた。

「行くぞ！　目指すはケイロニア王グインの首だ！　やつの豹頭を叩き落とし、そいつが本物の豹頭かどうかあばいてやれ！」

3

「イシュトヴァーンが動き出しました！」

伝令をうけて、ケイロニア王グインは、ゆったりとかたわらをふりかえった。

グインは、依然として前線に出てはおらぬ。副将トールと、そして信頼する《竜の歯部隊》をひきいる准将ガウスとに最前線をまかせて、当人はどっしりと本陣に座したきり、ゆったりと采配をふるっている。本陣には、神聖パロ軍をひきいる総大将として銀色のよろいとマントのいくさすがたも凜々しいリンダ王妃と黒衣の宰相ヴァレリウスもずっと詰めてここをこのいくさへの頭脳としている。後衛をあずけられていたゼノンも、またワルスタット侯ディモスも、当面神聖パロのルナン侯が戻って来たこともあり、またレムス軍の動きがまだ当分時間的なゆとりがありそうなこともあって、そちらをそれぞれの副将にまかせ、いったん本陣に戻ってきていた。リンダのかたわらにはサラミス公三兄弟のすがたもある。このいくさにおける、連合軍の司令部がすべてここに集結しているのだ。

「ついに動いたぞ」

グインはかすかに笑う。

「思ったより辛抱したな。だが、やはり動かずにはいられぬようだな。まだ、若いということだ」

「伝令。……人数は」

ヴァレリウスが声をかける。伝令は頭を下げた。

「イシュトヴァーン王親衛隊が一千、ルアー騎士団が二千であります」

「ふむ」

「ご報告。——ゴーラ軍先鋒部隊が崩れました」

さらなる報告がもたらされた。終始おしぎみに、ゆとりをもっていくさをすすめている側の余裕で、こちらの参謀本部はゆったりとくつろいでいる。

「崩れたか。……トールに、深追いするなと伝えろ。イシュトヴァーンが出てきているからとな」

「かしこまりました。伝令に参ります」

「陛下ッ」

ゼノンが、するどく叫んだ。

「お願いがございます」

「駄目だ。ゼノン」

　グインはそっけない。ゼノンの、北国のタルーアンの色白の頬がさっとあからんだ。

「陛下。おききになりもせぬうちから、そのような」

「わかっておるさ、ゼノン」

グインは相変わらず悠然とかまえている。

「先日の復讐戦がしたいのだろう。だが、駄目だ」

「な、何故でありますか」

ゼノンはもともと朴訥な若者である。それに、グインに心酔しきっているから、他のものたちの前でおのれの敗北をとりつくろう心持もない。

「確かにそれがし、緒戦でぶざまに遅れをとりました。まさに、陛下のおっしゃられたとおり、ゴーラ軍――と、イシュトヴァーン王の強さを骨身にしみて感じましたし、陛下がそこから学べとおおせになったこと、このゼノンしかと受け止めたつもりでおります。……ですから、いま一度、やらせていただくわけには。……陛下、お願いであります」

「駄目だ」

グインは笑った。

「いずれまたやるときもくるだろうが、いまではないほうがいい。戦況によってはどうあれお前を投入せねばならなくなるときもくる。だがいまはそのときではない。……ひとつにはお前も、それそのようにやはり、今度こそ取り返そうという復讐心に燃えてしまっている。目のまえにイシュトヴァーンを見ればどうしても判断が狂う。……いまはお前が出てもまた破れるぞ」

「そ、そんな」

それほどに心酔している相手でなかったら、そのようなことを云われたら、おのが武勇を最大の誇りとするケイロニア最大の勇士のひとりである。とうてい、ただではおかなかったに違いないが、グインはゼノンにとっては、いくさののみならず、すべてにわたって神様である。神様のことばにうたれる信者のようにしおしおと赤毛の巨大な頭を垂れるばかりであった。ヴァレリウスは面白そうにそのようすをじっと見ている。

「まだ、駄目でありますか。……その後、「考えて考え抜いたのでございますが」

「それが、むしろ、駄目だというのだな。あまり、考えてもはじまらぬことだ。……それに、ゼノン」

「は、はい」

「お前は、俺の云ったこと、まだわかってはおらぬ」

「は――っ？　さ、さようでございましょうか……？」

「ああ。お前に、正しいいくさばかりではない、もっと闇の、暗いいくさも、ドールのいくさも知らせておかねばならぬ、と俺は云った。覚えていよう。──だが、このあいだのいくさでは、イシュトヴァーンはそのようなドールのいくさというほどの戦いぶりは見せておらなんだ。あれはいたって正当なルアーの戦さであったさ。それゆえ、おのれの力不足については感じるところもあっただろうが、俺がお前に知らせたいと思ったようなものについては、お前はまだ味わってはおらぬ。それゆえ、いま出ても無意味だというのだ」

「さ、さようでございましょうか」

ゼノンはとまどったように目をさまよわせた。

「ドールのいくさ。……それは、そのう、どのような」

「それを説明せねばならぬことそのものが、お前がまだ二十五歳だということだな」

グインは笑った。

「それを知るにはそれにぶつかって苦しまねばならぬさ。このさき、いくらでも、大ケイロニアを守ってゆく武の守護神として大成してゆくためには、その機会もあろう。それに、幸運にして、一生涯ドールのいくさなど、知る機会もなくおわる幸せな武将もいないわけではない。そのような武将が武将としてすぐれていないかといえばそんなことはない。俺の知るかぎりでは、わが魂の父ダルシウス将軍もそのような武将であられたようだ。焦ることはないぞ、ゼノン」

「は、はあ……」

ゼノンは不服そうだ。だが、グインにことばをかえすことなど、思いもよらぬかれは、くちびるをかみながら、ひきさがった。

「それでは、それがし……そのう、それがしもそろそろ何かひとはたらきもいたしとうございますが」

ワルスタット侯ディモスが明るい美しい青い目を輝かせる。

「それがしも、到着いたしましてから、ずっと待機で。……わが軍も、そろそろ腕を撫しておりますころあいで……」

「ふむ……」

今度は、グインは少し考えた。

「そうだな。……トールにはずっと働いてもらっているし、ガウスもだ。少し休ませてやってもよいころあいではあるのだが」

「そういうことなら、私どももずっと……そのう、ケイロニアの強大なる軍勢とは、比較にならぬやもしれませぬが、わがサラミス騎士団とても、神聖パロの国王陛下を取り戻す、という任務にふるいたっておりますし……」

ボースがあわてて口をはさむ。だが、グインはこれにはきっぱりと首をふった。

「いや、それには及ぶまい。……いや、決して、サラミス公ご兄弟及びサラミス騎士団の御武勇をかろんじるにはあらず。ただ、現在ただいまの状況は、サラミス騎士団、神聖パロ軍が出られるには具合がもっとも悪かろう。なんとなれば、おんみらが出られれば、あちらは本隊にわざわざ人質の馬車をとりかこみ、そこに神聖パロ王アルド・ナリス陛下を同行している。われらにとってはまだしも、公らにとってこそ、アルド・ナリス陛下はもっともよく人質としての効力を有する筈、それにて公らのほこさきが鈍るとは夢さら思わずとも、万々が一のことあった場合には、はなはだおもむきよろしからず、それを思わば、ここはやはり、ケイロニア軍におまかせいただくがよろしきかと」

「はあ……さようでございますな……」

公弟のルハス伯爵、ラウス子爵は不満そうに顔を見合わせたが、長兄のボースは納得したらしく、仕方なさそうにうなづいた。

「それは……グイン陛下のおことばはつねに正しゅうございますし……」

「ご得心いただいてかたじけない」

すかさずグインが云った。

「お案じあるな。むろん、われらとても美しき王妃にかく熱くご依頼を受けし上からは、陛下のお身柄の安全こそもっとも心にかかることがら、このたびのいくさ、つねにアルド・ナリス陛下のお身柄をいつどのようにご無事にて救出するかとのみを心がけております」

「それをうけたまわって、まことに……」

「それでは、それがしが、ワルスタット騎士団をひきいて出てもよろしくありましょうか？　陛下」

嬉しそうにディモスが叫んだ。グインは苦笑した。

「これこれ、ディモス。それはいいが、おぬしの兵はもうとっくに、レムス軍にあてるべく、かなりの部分ダーナム方面へ出しているだろう。いまから呼び戻すというのはあまりに悠長すぎるぞ」

「あ」

つい、失念していた――というようすで、ディモスが口をとがらせた。

「さようでございました。……ウーム、しからば、せめて陛下の兵を拝借して」

「おぬしが出るほどなら自分が出る――とゼノンがいうだろうさ。……選帝侯どののお身に万一のことがあっては、とな」

「それはもう、まったくそのとおりで、ケイロニアでは、十二選帝侯がご出馬なさる戦いこそもはやさいごのさいごのもの、その前にちゃんと、十二神将騎士団というものが御馬前をお守りするしきたりになっておりますので」

「それは、むろん……だがねえ、ゼノンどの、こんなパロくんだりまでせっかくお供して参ったのだから、ひとたびくらい、私だって、陛下のお供で……」

「駄目だよ、ディモス」

グインは笑い出した。

「おぬしのそのルアーのようなとうわさされる顔にかすり傷でもつけさせたら、この俺がケイロニアの宮廷女どもに殺されてしまいかねぬ。生憎だが、二人ともに、留守を守っていてもらうほかはないようだな」

「え」

「留守……と申されますと、まさか」

「俺が、出る」

グインはのどかに云った。おとなしく、いかにも男たちの軍議の席の邪魔にならぬように、というこしらえできいていたリンダがいきなりおもてをこわばらせた。

「なんですって、グイン」

「へ、陛下」

「そんな、ご無体な」

ディモスも、ゼノンも口走る。グインはゆったりとうなづいた。

「何を驚いている。俺とても武将、もとをただせば黒竜将軍だ。俺が前線に出てたたかって、何がおかしい？」

「い、いや、少しも、おかしゅうはございませぬが、しかし、さほどのこともなきこのたびの戦いになぜ……なにゆえに、陛下おんみずから……」

「少し、イシュトヴァーンに、戦った、という手ごたえを与えてやるためにな。――グインと戦った、という直接のな」

グインは云った。ゼノンもディモスも息をのんでグインを見つめた。

「まァ……」

思わずリンダも両手を口にあてる。

「それって……」

「案ずるな。俺が出たところで、一気にゴーラ軍を叩きつぶすようなことはせぬさ。ここでイシュトヴァーンを叩きつぶしたところでべつだん、俺にとってはなんら状況に寄与するものはない。それに、いまあまりにイシュトヴァーンを追いつめるのは、あちらの陣中にはナリスどのがおられるだけに俺は心配だ。だが、締めるべき所は締めておいてやらぬとな。……また、あまりにゆるめすぎても、奴に、こちらの魂胆を見抜かれて、いっそう激怒させようしな」

「と……云われますと……」

「俺が、とにかくイシュトヴァーンからナリスどのだけを無事救出して、国表に逃げ帰らせようともくろんでいることをさ」

　グインはトパーズ色の目をいたずらっぽくきらめかせた。

「おのれが小僧っ子扱いされていると気づいたらきゃつはあるいは意地になっていっそうこじれた行動に出るかもしれぬ。それはあまり俺のとるところではないのでな。……だから、俺は、あまり奴をあしらっている、というところは見せぬつもりだ。それはあちらにも意地もあろうし、さまざまな体面もあろうしな。若い兵士どもをひきいているのだし――だが、まあ、本来が、これはイシュトヴァーンさえ首を突っ込んできてくれねばもっと早くにおさまっていた話だからな。イシュトヴァーンが無事に自由国境へと、パロ国境を越えてくれてからの話だ、すべては」

「は……はあ……」

「すごいわ、グイン」

　リンダがそっと両手を組み合わせた。

「あなたって……本当にすごい。なんだか、何もかもまるであなたの手のひらの上でだけ起こっているような気さえするわ。あなたにかかったら本当にイシュトヴァーンなんてまったくの赤児扱いなのね」

「という印象を与えぬよう、こちらは苦労しているといっているだろうに」

　グインは苦笑した。

「イシュトヴァーン自体は赤児かもしれぬし小僧っ子かもしれぬが、そのふりおろす剣は無力でもなければ玩具の剣でもない。それは確実に、さらに罪もない無力な無辜の良民たちにも、忠実なカレニア騎士団にも多くの被害を出した非道の剣でもあるのだ。イシュトヴァーンに従っている三万のゴーラ兵にせよそうだ。……最大の問題は、ゴーラという若い国が——国家そのものは古いにせよ、イシュトヴァーンがひきいるようになってからはきわめて若いわけだからな——いまだ国家としての体をなしておらぬということだろう。形をなしておらぬ国家をかたちばかりなんとしてでも運営してゆこうとしているほうはまだいい。だが、そこに住んでいる人びと、いくさにかり出される若者たち、何も知らずにイシュトヴァーンにひたすら付き従ってこんな無謀な遠征にかりだされる三万もの若者たちはどうなる。——かれらとても何の罪もないユラニアの若者であるには違いないのだ。……イシュトヴァーンはどのように思っているか知らぬが、俺はもう、いまは中原には力の時代どころか、こののちはよほど我々支配する層が賢く、聡明でなくばとてもやってゆけぬような、きびしくあやうい国際政治の時代が来ると思っているのだ。キタイ勢力というものがあのように、中原の安寧をおびやかす最大の敵としてすがたをあらわしてきたからにはな。——俺には俺のさまざまなもくろみもあれば、理想もあるが、そのなかの最大のもののひとつとして、べつだんケイロニアがその指導権をとるということではなく、中原全体が無事に平和におさまっていてくれる、ということがある。そうなればケイロニアはどこともいくさをかまえずにすみ、そうなればケイロニアの若者たちは戦場にかりだされてふるさとの家族や恋人たちから引き離され、時として戦場にたおれて家族に悲嘆をかけることも、恋人を嘆かせることもなくすむ。──それはひとりケイロニアのみならず、ゴーラの若者たちにとってもそうなのだ。俺にとっては、ケイロニアの若者だけが幸福であればそれでよいとはとうてい思われぬ。ゴーラの若者も、沿海州の若者も、パロの若者も、みな幸せでおのれの夢をもって溌剌と働いていられる平和があってこそ、誰もいたずらにいのちをおとさずにもすむ。あるいはまたその大切な平和を守るためにこそ、戦うのだという高い理想があれば、それはそれでひとつの幸せだろう。一国の私利私欲や都合のためにかりだされていのちを無駄に落とすのではない、ということであればな。──だが、いまのイシュトヴァーンにはその分別はない。だから三万の兵たちは若い国家なるがゆえにいまはひたすらイシュトヴァーンに頼るしかない。ゴーラは文句もいわずにここまでついてきて、イシュトヴァーンのあとさき見ずの無計画きわまりないこのような遠征や奇襲にも従っている、かれらは、まだ面白がっている不良少年たちのようなものにすぎぬからな。だが、国家というのはそういうものではない。それでは、ただの──それこそただの野盗の群れにすぎぬ。このままきゃつらが祖国ユラニアにかえりつくあたわず、文字どおりの野盗の群れと化してしまうか、それとも殲滅されてパロの平野に無残にも三万の屍をさらすか──どちらも、俺にとっては、とるところではない、きわめていたましく思われるのだよ。

……まして、ことが、ナリスどのの中原を救いたいという、きわめて高い理想から発しているのでありながら、このような筋の通らぬ奇襲の結果におわっているということがな。……それゆえ、俺としては、イシュトヴァーンの持っているその三万の剣をこの上無駄にふるわせず、そしてまた、その三万のいのちを無駄に叩きつぶすこともなく、イシュトヴァーンに帝王であるとはどういうことか、一国をひきいる責任とはどのようなことか、どのようなことをせねばならぬということか、どのようなことを学び、どのようなことをこらえ、どのようなことを耐え——ただひたすら王になる、などという甘い見通しやただの漠然とした野盗の夢ですむようなことではないのだ、ということを徹底的に教え込んでやらねばならぬのが、先輩としてのつとめだと信じているのだ。——まあ、多少の仕置き、も含めてだな」

「……………」

グインのことばがおわるまで、誰もことばを発するものもなかった。

リンダでさえ、息をのんでグインを見つめているばかりであったが——

「あなたは……あなたはいったい、どこでそのようなことを……覚えたのかしら、グイン——？」

やがて、ためらいがちにリンダはささやいた。

「私、あなたにはいつでも本当に驚かされてばかりだわ。……あなたにとってはイシュトヴァーンも本当の意味では敵ではないのね？　あなたはイシュトヴァーンばかりか、イシュトヴァーンのひきいているゴーラ兵たちのことまで考えているのね」

「誰も、好き好んでいのちを戦場におとしたいものなどおらぬさ」

グインはしずかにいった。

「かぶとの面頬をあげたかれらの顔がどんなに若く、初々しく、そして恐怖におののいているか、見てみるがいい。……戦場で兵士たちが殺し合うのは、あれは勇ましいからでも戦さが好きだからでもない。なかにはそういうろくでなしどももいるのかもしれぬが、大半の兵士たちはただひたすら、怖いから——殺されるのがいやで、死ぬのが怖く、といって軍のおきてをやぶって罰をうけるのも怖いから仕方なく戦っているのだ。だから、逆に、いっそう残酷にも、残虐にもなってしまうのだ。……かれらもみな、父があり、母があり、それぞれのさだめや人生があるのだよ。……それがいつどのようにどこで終わるのかはヤーンのさだめ給うことにしかすぎなくとも、我々は少なくともそのなかでどのような存在としてあるかは選ぶことができるのだ。そして帝王と名乗るほどのものには、ただ、かれらのその、どのような存在であるかを選ぶ自由を守ってやる義務のみならず、かれら自身さえも知ってはいない、巨大な運命の渦から危険をさりげなくとりのぞいてやったり、上からおちてくる岩や炎をよけさせてやったりする義務もあるのだ。それがわからぬ君主など——理想をもたぬ君主など、君主と名乗る資格も権利もありはせぬさ」

「……」

天幕のなかは、しんとしずまりかえってしまった。

ゼノンはひたすら熱っぽい崇拝の目で激しくうなづきながらグインのことばにうっとりと耳をかたむけていたし、ディモスはうなだれて低くうなづいていた。サラミス公兄弟も身じろぎもせずにそのことばをかみしめているようだった。ヴァレリウスは面白そうにグインと、ほかのものたちのようすをそっと眺めていたが。

「――そうよね」

リンダはつぶやくようにいった。

「私はもともと青い血の王家に生まれ育ち……はじめから、そういう教育を受けてきたわ。……民のことを考えよ。我々、青い血の王族たるもの、王位継承権をもつものはすべて、民の幸福ぬきには存在し得ないと知るがいい、って。……私は早くにお父様にもお母様にも死に別れたけれど、それでも、その教えは何回もうかがったわ。……すごく小さいときから。そうね、イシュトヴァーンには、帝王である、っていうのはどんなことかなんて、わかっているはずもないわね……」

「彼には何もわかっておらぬさ。いくさとはどういうことかも、統治するとはどういうことかも、また、支配することも、そしておのれが何をしているのかさえも。……彼は何も知らぬからこそ王になりたいと願った子どもだったのだ。そして、運悪くもなってしまった。そして彼はいま、そのことをもてあましてどうしてよいかわからずにいる。……だがそれをそのままにしておけば、何もキタイ勢力を待たずとも、中原はほろぶ」

人々はまたしても、ぎくっとしてグインを見つめた。それほどにはっきりと、イシュトヴァーンを弾劾することばがグインの口をもれたのははじめてであったからだ。だが、グインのおもてはきわめてしずかで、まったく感情が激しているようすはなかった。

「もしもどうしても、ある者が存在することが、俺の考える中原の理想をゆるがし、あやうくさせ、俺の剣を捧げるケイロニアをもおびやかすとあるからは――それがキタイであれ、ゴーラであれ、俺はそれをうち滅ぼさぬわけにはゆかぬ」

ゆっくりとグインはいった。

「おお――グイン」

「だが、俺はつねにひとたびだけ、機会を与えることにしている。それは俺が神でなく、全能でなく、全知でないからだ。俺は神にかかわってことを行うことはできぬからな。――だから、今回のこのマルガ奇襲についても、それがなんとかイシュトヴァーン当人のためにも、また神聖パロにも、中原全体にも、よい方向になる結果をもたらすよう、動いてみるつもりでパロへと遠征してきた。もしもこのひとたびの機会を彼が生かすことができねば、それはそれで――彼には、ゴーラという古い帝国をうけついでゴーラ王国の王としてやってゆくのは無理だ、ということだ。また野盗なり――レントの海の海賊なりに戻ったほうがよい」

「……」

「伝令、トールに、交替するよう、兵をとりまとめにかかれと伝えよ。俺が自ら黒竜騎士団三千をひきいて戦場に出る。――ガウスには、《竜の歯部隊》は疲労しているもの、傷をおったものは前線のうしろに送り込んでやすませ、手当してやり、ケイロニア王とともに戦いたいという意気のまだある者のみ、わが身辺の護衛にあたれと伝えておけ。よいな――よし、支度だ」

4

「なんだとッ」

イシュトヴァーンはいきなり、手綱をひいて馬をとめた。あまりにすさまじい勢いで、かなりの速度で走っていた馬をひきとめたので、うしろに続こうとしていた騎士たちがたたらをふんで必死に馬をとめようと大騒ぎしている。

必死に追いすがってきた伝令のひとことが耳に突き刺さったかと思われたのである。

「もう一度云えッ」

「はッ！　ケイロニア軍は、トール将軍率いる黒竜騎士団二千が後方にひきあげを開始しつつあり、かわって黒竜騎士団のあらておよそ三千が前線にむかってきております。そしてそれを率いるは、豹頭王——」

「グイン——！」

イシュトヴァーンの目が青く燃え上がった。

「ついに、出てきやがったかッ！」

「御意……」

「まさか、こう早く御大が出てきやがるとは思わなかったぜッ！」

イシュトヴァーンはやにわにぺっと地面に唾を吐いた。

「ようしッ！　そうこなくっちゃあな！　面白え、ついに総大将とやれるってか！」

勇躍して、イシュトヴァーンは鞍の上に座り直した。

「ようし、相手にとって不足はねえ。こないだのは、出てきたっていっても采配合戦、お互い遠くからなんだかんだ、ボッカの駒を動かしてたばかりだ。こんどはきゃつ自ら、先頭に出てくるってんだろう。戦場に出るというんだろう？　面白えッ。きゃつの手の内は、知ってんだ。……これまでだって、はじめてなわけじゃねえ。何回かは打ち合わせてもいる。ようし、ヴァラキアのイシュトヴァーンさまがどれほど強くなったか思い知らせてやるぜ！」

「陛下」

かたわらについている親衛隊長ウー・リーが心配そうな声をあげた。

「しかし、こともあろうにケイロニア王とゴーラ王どうしの一騎打ち、などということになりますと……せんだって、どれほど私どもがご心配申し上げましたか……」

「わかってら、うるせえな」

陽気にイシュトヴァーンは叫んだ。その目がにわかにぎらぎらとおさえてもおさえきれぬ闘志に燃え立っている。彼はいきなり、十歳も若く潑剌となったようにさえ見えた。

その手がつとのびて、おのれの頰をおさえた。スカールとの激烈な一騎打ちの戦いのさいに受けた傷は、かなり癒えてきて、傷をかわかすためにふだんは包帯をもとって簡単におさえてあるだけになってきたものの、まだすっかり癒えたわけではないし、それにおそらくは、彼のあれほど秀麗で、きわめて美しいといわれたこともある容貌にむざんな傷を残してしまうことは間違いないと思われた。さいわい、傷そのものの性がそう悪くなかったらしく、顔に大きなひっつれを作って彼の自慢の顔そのものをゆがめてしまうような可能性はあまりなかったが、それでも、包帯をとりかえるときに見るおのれの顔が、終生癒えぬ傷をうけたことは間違いないし、また、それを見るたびにこののち、あの瞬間——スカールの刀子がおのれの上にふりおろされ、ざくりと血がしぶいた刹那のことを思い出さぬわけにはゆかぬだろう。

「あんときゃ、悪かったけどな」

イシュトヴァーンは云った。

「けどな、ありゃああっちが私怨で襲いかかってきやがったんだからな。こんどは違う。こんどは国と国、大ケイロニアとゴーラとの威信をかけた戦いだ。そう簡単に一騎打ちになりやしまいし、またなったところで……」

イシュトヴァーンはちょっと考えてみた。そして肩をすくめた。

「大丈夫だ。一騎打ちになっても、俺は……俺はやつにはちょっと弱いかもしれねえ。なんたって……ほら、ガタイも違うしよ。……それにとにかく何をいうにもやつは俺の知るかぎり世界最強の戦士なんだから。……だから、俺も一騎打ちなんてことにはしねえさ。そりゃ……ちょっとしてみてえって気がしねえわけじゃないけどな。俺だって戦士だからな」

「それはもう……しかし、ケイロニア王の雷名は全世界にとどろいておりますし……あ、いえ、むろん陛下のもで、それゆえにこそ、その竜虎あい戦うなどということになりましたら、どのようなおそるべき死闘となってしまうことかと思えば、われら一同、いてもたっても……」

「大丈夫だってのに」

イシュトヴァーンはなおも目をぎらつかせながら云った。そうしながらも気はすっかり、こちらにむけて進軍してくるはずのグイン軍の様子にとらわれていた。

「伝令！」

「はッ！」

「まだ、グイン軍の様子について次の報告はねえのかッ」

「は、はい、まだございませぬ」

「よし、わかった。ウー・リー、お前、いいか、一千をもって、右翼にまわれ。それから、ほかについてきてる隊長は誰だ」

「マイ・ルンとユー・ロンが同行しておりますが」

「よし、マイ・ルンだ。マイ・ルンに一千もたせて左翼にまわらせろ。俺は親衛隊一千をひきいて中央を突破する」

「かしこまりました」

「相手はグインだ。どういう手をつかってくるかわかったもんじゃねえ。油断するなよ」

「心得ました」

「たぶん、俺たちなんざ……赤児の……」

つい、出た本音であったかもしれぬ。

「赤児の手をひねるようなもんなんだろうが、それでも一矢でも二矢でもむくいてやろうじゃねえか。……なあ、ウー・リー、お前も俺もヤン・インたちも、いまでこそ国王でございのやれ将軍だ隊長でございのと気取っていても、もとを正しゃあユラニアの下町の不良どもに、レントの海の海賊野郎に赤い街道の盗賊だ。盗賊流儀の戦いっぷりをお偉いケイロニアの豹頭王様に見せつけてやりゃあ、それだけでも胸がすっとするってもんだ」

「は、はあ……」

「何をびびってやがんだよ」

陽気な声で――多少はそれをよそおった声であったかもしれぬ――イシュトヴァーンは叫んだ。

「何が怖い。いかに豹頭王だろうとなんだろうと……相手だって人間だ。いや、たとえいかに人間ばなれしてやがったところでな。それでもたぶんやつだって生身なんだし弱点だってある。そうさ、なんとか……なんともならなくてもなんとかしちまうのがイシュトヴァーンさまだ。それでこれまで結局なんとかしちまってきたんだ。どんな窮地でもな。心配すんな！　それにこっちには……こちらには切り札があるんだッ」

「アルド・ナリス……陛下のことでありますか……？」

「ああ」

短くイシュトヴァーンは云った。そして、まるでそういったおのれのことばをききたくないとでもいうかのように、向き直った。次の伝令がきていたのだ。

「どうだッ」

「は、グイン王みずから黒竜騎士団三千をひきい、前線にあがってきました。トール将軍はこれまでの兵をまとめてひきさがり、そのかわりグインの親衛隊と思われる例のきわめてよく訓練された一団が、うしろにさがってグイン王を迎え、グイン王の周囲につきました」

「あの、ハイナムの水竜の旗印の部隊か」

イシュトヴァーンは考えこんだ。

「ありゃあ、ほんとによく訓練しやがったな……ありゃあ、強いや。いいか、イシュトヴァーン親衛隊だって負けるな。こちらだってよくよく訓練を積んでるはずなんだ。——よし、親衛隊を前にあげろ。俺がひきいて突っ込むからな。そしたら右翼と左翼から、こう合流しながら後援しろ。そして敵にぶつかったらそのまま左右にひろがれ」

「かしこまりました」

「よし、行くぞ」

その、ひとことを言い放つとき——

イシュトヴァーンは、なんともいえぬ武者震いのようなものを——武者震いというよりもあるいはもっと不思議な、魂の根底からのおののきのようなものを感じたのだった。

(いよいよ……)

すでにグインが直接に陣頭に立ってというかたちでなければ、その《竜の歯部隊》と名乗る精鋭とも、何回かぶつかっている。あの、一ザンきっかりでさっと神業のように引き上げていった部隊だ。

むろんあれだけきっちりと整然と動くからには、きわめてこまかな伝令によって指揮されていたに違いないし、その采配そのものもきわめてみごとなものだったのはわかっている。だが、それとも違う——もっと何か根源的なおののき——

（くそっ。……くそぉーッ……）

イシュトヴァーンは何回か激しく身をふるわせた。

（ああ、くそ。……俺も——俺も、もっと、あとせめて二人……武将としてあずけられる手駒が育っていればな……カメロン、そうだ、カメロンがいてくれれば……）

ヤン・インもとても頑張ってもいるし、ずいぶんこの半年ばかりのあいだに急成長もとげた。とても必死で、気の毒なほど必死になって勉強していたことも知っているし、そのかいも充分に出ていると思う。ウー・リーはそこまでの力量はないが、これは親衛隊の隊長だから、将軍の名を強引にあたえてしまったヤン・インとはずいぶん違う。何万という軍勢をひきいてゆくのに、副将となれる将軍や隊長がいないことにはどうにもならなかったので、まだまだ若すぎるのを承知の上でヤン・インやリー・ムーに「将軍」などという称号を与えてしまった。かれらのほうは、そんな称号を何かの面白い冗談のようにしか受け取っていないようだ。それでも多少はヤン・インなど将軍らしくふるまおうとはしているし、また多少は貫禄のようなものも出てきてはいる。だが、それでもゴーラ軍はあまりにもみな若い。

（カメロンがいれば……）

ふと、遠いイシュタールをイシュトヴァーンは思い浮かべた。

（いまごろ、イシュタールはどうなってるんだろう……）

それは、ふとした直感のざわめき、あるいはふしぎな遠話のささやきであったのかもしれぬ。

（アムネリスは……そろそろガキを産み落としてやがるんじゃねえのかな……）

カメロンがここにいてくれればどんなにか楽だろうとは思うが、同時にそれだと、たぶんこういう戦いにはなっていないだろう。カメロンがグインをきわめて尊敬しており、グインとの戦いには断固反対するだろうということは、イシュトヴァーンにはよくわかっている。

（くそ、もうちょっと……あと十年もたてばなんもかんももうちょっと格好がつくんだけどな……そんなこといったって、しょうがねえけどな。みんな若いんだから……若いからこそ、できたことだってあるんだから……）

また、若いからこそ自分についてきてもくれたのだ。若いから体力もあるし、いろいろ覚えることも早かった。

（けど、いまはまだ早い……きゃつらには、まるきり手が出ねえだろう。それもわかってるが……やらねえわけにゃゆかねえ……）

自分が――イシュトヴァーンが陣頭に立って切り込んでいってやらねば、いくさになりようがない、というところからして、かれらは本当に若いのだ。ただ、イシュトヴァーンを信じ、イシュトヴァーンにくっついてこんなはるかなところまでやってきただけのことだ。

(俺は……そう思うと、やつらが可愛い。……そうだ、やつらのためにも、なんとかしてここで勝って……イシュタールへ戻ってやらなくちゃあ……)

「陛下！　グイン軍が！」

するどい叫びをきいて目をあげる。

物思いのあいだにも馬はたゆみなく大地を蹴って走り、いまやイシュトヴァーンとそのひきいる親衛隊の軍勢は最前線となったあたりの草原に到着していた。

かろうじて、負傷者だけは後方に連れて帰ったり、木陰におしやったりされていたものの、トール軍が引き上げたあと、ヤン・イン軍は必死にくずれたつのをまとめるだけが背一杯だったのだろう。あたりは惨憺たる戦いのあとである。いたるところに人の死骸、馬の死骸や傷ついた馬が倒れ、矢が木々やその死骸につき立ち、折れた剣やぬげたかぶと、さまざまなものが散乱している。それが危険で、足もとを気を付けないとひと息にかけぬけることはできぬ。

その、向こう側に——

イシュトヴァーンは、なんとなく、心臓がどくんとすくみあがるのを覚えた。

いまだ、かつてない感覚であった。——これまでにずいぶんと戦い、もっともっとずっと数でも劣勢な戦場にも出たし、もっと窮地に追いつめられたこともあるが、こういう感覚を——背筋がちりちりとそそけだってくるような感覚を覚えたことはあまりなかったと思う。

木々と、そしてその倒れて散乱している死体やさまざまなものの向こうに、どしりと拡がっている、黒々とした影のような軍勢のひろがりがあった。

ケイロニア軍だ。——ことにケイロニア人がユラニア人に比べて大柄な人種である、ということも関係があるのかもしれないが、ふいに、目の前に巨人の一族が降り立ったようで、兵士たちをはっとさせるものがあった。それは、巨大でごついケイロニアのよろいかぶとが、いっそうそのたくましい大柄な体格をひきたてるのに力があったせいもあるかもしれない。

黒竜騎士団のよろいかぶとは黒地に竜の紋章を胸につけ、そして黒いマント、かぶとにはたかだかとつばさある飛竜をかたどった象徴がとりつけられている。その、威圧的な軍勢の中央に、ひときわ目をひかずにはおかぬ巨大な一騎が悠然と、よくまあこの巨体をのせる馬があったものだといいたくなるような威圧感で、大きな馬にうちまたがっている。

その一騎だけはかぶりものを一切つけておらぬ。いや、つけてはいるが、それは頭を防護するためのかぶとのたぐいではない。その、豹頭に燦然ときらめいているのは、誇りやかな、ケイロニアの略王冠――正式の織王冠に比べれば、どんなにか小さいとはいいながら、そのまんなかに炎のようによく光る金剛石を埋め込み、強烈な輝きを放っている。

そしてその豹頭――あらわな豹頭。

「うあ……」

若い、ゴーラの兵士たちのなかには、はじめて間近にするこの生ける伝説に、ひたすら息をのみ、みとれるばかりのものも多かった。

（ほんとに、豹頭なんだ……）

（なんかのかぶりものかと思っていたが……それとも豹によく似た顔だか頭のかっこうだかをしてる、あばたづらの男かなんかなんだろうとか……）

（あれは、ほんとの豹だぞ……）

（やっぱり、呪いをかけられたんだろうか……だが、それにしても……）

驚愕にみちた目で、かれらはひたすら見つめている。

また、それはなんともいわれぬほど幻想的な光景でもあった。まだあちこちに煙までもくすぶっている戦場の向こうに、煙にくすむ木々の向こうにぬっと巨大な伝説のすがたをあらわしたケイロニアの豹頭王グイン。

そしてその周辺を守る、武名も高き黒竜騎士団。

トパーズ色のグインの目がまばたきもせずにこちらを見つめている。その目に射抜かれるような感じさえもイシュトヴァーンは受けた。

(久しいな、イシュトヴァーン。――そしてまた、ついにこのような場所でまみえることになったのだな)

先日の会見で、ひさびさにことばをかわしたといいながら――

あれはただの夢まぼろし、まことの、再会は、この刹那であるような気が、イシュトヴァーンはしている。

グインの右手はゆったりと巨馬の手綱をとっており、左手はかろく馬の首のあたりによこたえた、黄金の采配らしきものの柄を握っている。

あまりにも威風堂々とした姿であり、そして、あやしいほどに神話めいたすがたでもあった。

(グイン……)

(グイン、お前……)

(お前とは……戦いたくないんだ……)

そう叫んだのは、いつの丘の上のことであったか。

一緒にきてくれ――

ひざまづいてそう頼んだ日もあった。それを断られて怒りに燃えたこともあった。また、サンガラの山中にぶきみなゾンビーどもとともに戦ったことも。

（お前と、背中をあわせて戦うのは、これがはじめてだな――グイン！）

そして、あの――

もはやかえることのない、遠い遠いノスフェラスの日々。

はじめての、グインと肩をならべ、背中をあわせての戦いは、セムの猿人族を相手にしてのものであり、そして、また、モンゴールの兵士たちを相手にしてのものでもあった。

その当のモンゴールの、大公の夫となり、そしてついにはゴーラの僭王とのぼりつめた、おのれ。

終始理想を失わず、ついにケイロニア王としてここに立ちはだかるグイン。

（何もかも……夢……）

なんともいえぬ、風がごうごうと宇宙の果てをふきぬけてゆくのをただ茫然と見上げているような、時の風が渦をまいておのれの魂をさらってでもゆくかのような感覚がイシュトヴァーンをとらえた。

（あれが……夢だったのか……それともいまのこれが……夢か……それとも、どれもこれも……ただ、一睡のつかのまの夢にしかすぎなかったのか……）

イシュトヴァーンは目をとじた。

（俺は……）

（ああ、だが俺は……まだ若い）

（このところ、まわりがあまり若いやつらばかりで、そう思ったこともなかったが……俺はでも、まだまだ若いんだ……）

（そう、そして、俺は——きっとグインに負ける。いや、かなうわけがない）

すでに、それは、そこにそうして対峙しているすがたをひと目見ただけで、その瞬間に、長年凄惨な戦場で生きてきたイシュトヴァーンにははっきりと悟られていた。

（俺は、戦士としても……一対一の戦士としても、そして……采配をふるう指揮官としても……何をしても、きっといま、まるきりこの男には——この豹頭の怪物にはかなわねえ……）

それはなにも、おのれひとりのことではあるまい、と思うのが、まだしもの、救いである。この世で、およそ戦士と自負をもつほどの人間、武将、武人とおのれを思うほどの人間で、このグインと対峙して、そこにみなぎる強烈な、強烈すぎるほどの自信と自負、それのうらづけとなるおそるべき底力を感じずにすむ人間は、おそらくただのひとりもいるまい。いや、もしもそれを感じ得なかったとしたら、それだけでもう、その男は戦士としても武人としてもまったく大したことはないといわねばならぬ。

（くそっ……なんて、威圧感なんだ……なんて、なんて——《気》を出しやがるんだ…

…）

ただ、そこに対峙しているだけで、いっこうに号令を下そうとしないイシュトヴァーンを、親衛隊の兵士たちは、いぶかしんでいるように、じりじりと命令を待っている。

だが、気圧されたように、イシュトヴァーンの口からは命令が出てこない。

（なんていう《気》なんだろう。なんというすさまじさだろう、これは……）

（くそ、きゃつは、こんな《気》を出してやがったのか。これじゃあ……これじゃあ、かないっこねえ……どんなやつだって、どれほどすげえ戦士だって――かなうわけがねえじゃねえか……）

それはむろん、殺気ではない。

また、狂気でも――イシュトヴァーンが時として戦場でときはなって、人々を威圧し、グインと同様、とまではゆかなくても相当な段階までひとを圧倒してきたあのすさまじいかぎりの狂気でもない。

しいていうならば闘気、戦気――だが、闘気、というには、こちらに対してむかってくるものがない。攻撃をしかけてくる、という激烈ななにかがまったく感じられないのだ。

イシュトヴァーンをもっともおびやかしていたのは、まさしくそれ――グインの出している《気》が、まったく闘気、戦気をはらんでいないことだった。

それでいて、むろんおだやかでも平和でもない。ちょっとでもこちらが仕掛けていった瞬間に、ゆらりと相手が、大地が揺れるように立ち上がり、そしてその刹那にすさまじい死闘がはじまるだろうことが、イシュトヴァーンには充分すぎるほどわかる。

（こんな……こんなやつ、はじめてだ……）

昔からそうだっただろうか。いや、確かにすさまじいほどの狂戦士ではあったが、ここまでのことはなかったと思う。とすれば、彼もまた、このあいまみえぬ五年近い年月のうちに、すっかり成長し、変わり、変貌したのだ。おのれもそうなったと激しく自負してはいたイシュトヴァーンであったが、相手の変わりようはさらに激しかったと思う。

まるで、もやのむこうに豹頭王のからだがぬっと立ち上がり、そしてそれがおそろしく巨大になって、イシュトヴァーンだけではなく、ゴーラの軍勢すべてを飲み込んでしまいそうな気がするのだ。それほどの大きさ——そうだ。イシュトヴァーンがひたすら何の気だろうと感じていたのは、《偉きさ》であったかもしれぬ。

どのように殺気立ってかかっていっても、どれほどすさまじい攻撃を加えても——ふわりと受け止められて吸収されてしまい、まったく吸い取られてしまって何のききめもないほどの巨大さ——どのようなこちらの思いも執念もそのまま飲み込んでしまいそうなふところの深さ。

殺気や狂気、はては闘気さえも、ひとつのその《気》におのれをひきずられるものはまだ、その巨大さにはとうてい到達していない、ということなのかもしれなかった。

(いったい、いつのまにこんなになりやがったんだ。……こんな怪物になってやがったのか、こいつは……)

だがもう、あとにはひけぬ。

また、むろん、ひくつもりとてもない。

「陛……下——」

不安そうな親衛隊の将校の声に、イシュトヴァーンは顔をあげた。

心が決まった。

(きょうここが俺の死に場所になるとしても——悔いなし！ 俺は……これほどのやつとやって死んでゆければ、それはそれでもう——幸せだ！)

「前進！」

ふりしぼるような声で、イシュトヴァーンは叫んだ。同時に剣をふりあげ、大きく、采配のかわりにふりおろした。

「全軍、突撃！ 目標はケイロニア王グイン軍！」

第四話　最初の対決

1

「ナリスさま――！」

遠く、大地をゆるがすような戦さの物音に、ヨナは愕然と顔をあげた。

「ああ」

ナリスはヨナをなだめるように、つと手をのばして、おさえるようなしぐさをする。

「はじまったな」

「イシュトヴァーンと……グイン王が……」

カイは、黙ったまま、ナリスの片手をそっととらえて、いつものようにしずかにさすりつづけている。そのまだ若いおもてには、何も動揺の気配もない。もう、彼の人生はさだまってしまった。いまとなっては、カイこそが一番、動揺しておらぬかもしれぬ。

彼は、ただ、ひたすら、あるじとともにあるだけ――もう、何も惑うことも、迷うこともないのだ。

その一途を、ふとうらやましいものにヨナでさえ眺めた。

「ナリスさま……」

「大丈夫だよ、ヨナ」

静かな声で、ナリスがいう。

「いまのイシュトヴァーンはおそらく……決してグインに勝てはせぬ。それは私にはわかるように思う。私はグインは知らぬがね。まだ……そう、だが、これまでに少しでも話にきいたこと、ヴァレリウスのことば、それが半分も真実であるとしたら——いまのイシュトヴァーンが、グインに太刀打ちできようはずもない」

「は……はい……」

「そして、おそらくグインどのは……そのような、おのれに太刀打ちできぬあいてを意味もなく、ここで叩きつぶすようなことはされまい。……案ずるな、ヨナ。お前がイシュトヴァーンの身を案じているのなら、むしろイシュトヴァーンは、グインとぶつかっているときこそ一番、安全かもしれないよ」

「……はい……」

ヨナはくちびるをかみしめる。あまりにも複雑な物思いを、どのように処理したらよいものか、わからずにいるかのようだ。

「ちょっと待って」

ナリスは顔をあげた。

「ヴァレリウスからだ。……ちょっとしずかにしていてくれ」

（ナリスさま……）

ヴァレリウスの心話がひたひたと届いてくる。

（ああ……）

（ご無事で、いらっしゃいましょうか？　いよいよ――こちらでは、グイン王みずからひきいる精鋭と……イシュトヴァーンの手勢が激突しました）

（の、ようだね……こちらには、物音はかなり遠くしか伝わってこないが……）

（もう少々お待ち下さい。……いますぐに、お助けしたいと思っていたのですが、グインどのから、それとなく制止されました。……そして、ナリスさまのご様子をうかがっておくようにと。……ナリスさまのお加減しだいで、ということでございましたが――）

（グインどのが何を考えておられるかはよくわかるよ。……おそらくは、私という切札をいま、あるいは早いうちに失ってしまえばイシュトヴァーンはかなり自暴自棄になってどのような作戦に出るかわからない、それをおさえておきたいとお考えなのだろう）

(だと、思います。……ただ、私としてはナリスさまのおからだが心配です)

あつく、不安におののくようなヴァレリウスの心が、ナリスのうちに伝わってくる。

ナリスは目をとじた。

(私は大丈夫だよ、ヴァレリウス。……この馬車も、魔道師たちにひそかに見張らせて、結界は張らせてあるのだろうね)

(はい、それは、ナリスさまのおおせのとおりに)

(さっき、イシュトヴァーンに、私をイシュタールで解放するから、そこまでゴーラ軍を護送してくれとグインに交渉してはどうだとけしかけておいたよ)

ナリスの白い顔がふとほころびた。

(おお)

ヴァレリウスの心話が揺れる。

(また、そのようなことを……御自分のおからだが、辛くなられましたら、どうなさるおつもりで……)

(こうして馬車で荷物のように運ばれている分にはいかな私といえど、さほどのこともないよ。……それに、もう、私など、置物程度の値打ちしかないのだから、それはもう、高価な置物として役にたつようならそれはそれにこしたことはない)

(何をおっしゃいます。……本当に、このあとイシュタールまで同行させられ、そこで解放されたにせよまたしてもそこから、クリスタル軍の制圧するパロ北部をこえてマルガに戻られる、というような難儀な旅が、お出来になるようなおからだの状態ではありません)

(そう、まあ、帰りのことを考えればね。——だが、イシュトヴァーンにとっては、そう思っているあいだは、撤退の口実もつくし……それに、神聖パロが手を汚さず、レムス軍を掃討できるようなら、これは私にとってもお前にとっても願ったりであるはずだよ)

(それはさようでございますが——いまのナリスさまのおからだが、せめて一年前くらいのようでしたら、私にせよそれもしかたないかと思わないでもありませんが、いままでは……)

(大丈夫、いまのところは気が張っているからかもしれないが、ちゃんと保っているよ)

(それが、心配で……あなたは、ご無理をなさいますから……無茶を)

(もう、しないよ。何もそんなことはしない。……もうじき、グインと会える、という希望があるのだからね)

(ああ……)

ヴァレリウスの心話がいったん途絶えた。

それからまた、接触がはじまった。

(ただいま、ディランからの報告が……グイン軍とイシュトヴァーン軍とは、シランの南、シルの森で激闘をくりひろげているとのことです)

(もうあと一ザン、もつかもたぬか、わからないね)

(それからもうひとつ……これは、お知らせしたほうがよろしいのかどうかわかりませんが……)

(なんだ)

(おそらく、いまはさほどでなくとものちになって重大な結果をもたらすことになってくると思われますので、あらかじめお知らせを。……よろしゅうございますか)

(もったいぶるね。——何かそんなに私が動揺しそうな情報があるの?)

(いや……私にはわかりません)

ヴァレリウスの心話は奇妙な重たい、複雑な色あいをおびた。

(これは、イシュタールにさしむけた——グイン王の名代として伝言をカメロン宰相に持ってゆかせた、ギール魔道師からの報告です。……ゴーラ王妃アムネリス大公が亡くなりました)

(……………)

しばらく、ごく短いあいだ、ナリスは目をつぶったままその情報をじっと咀嚼しているかのようにみえた。

それから、ゆっくりとかれは目をあいた。

(それは、なぜ)

(産褥で――ゴーラの第一王子、王太子たるべき男児を出産して、そのまま肥立ちよろしからず、息をひきとったということになっておりますが……じっさいには、そうではないようだとギールは申しております)

(ほう……)

(アムネリス王妃はどうやら、自害されたようです)

(自害。アムネリスが)

(はい。……おそらくは、きのう今日思いついたり、出産でたかぶっての発作的なものではなく、イシュトヴァーンがモンゴールをあのようなかたちで制圧し、モンゴール大公たる王妃を拉致してアルセイスに、そしてイシュタールに監禁し、しかも当人がすでにそのときみごもっていたという、あのような状況になって以来ずっと考えつめていたのではないかと――しかし子には罪はないと、子の出産を待って、おのれをおのれの手で葬ったのではないかとギールはそのように)

(子供は、男の子だったのだね)

(はい。アムネリス王妃の希望でドリアン王子と名付けられたようです。――《悪魔の

子》と）

（――ドリアン）

ゆっくりと、かみしめるようにアルド・ナリスはくりかえした。

（悪魔の子。――可愛想に、赤児には何の罪もないものを）

（はい。……しかし、イシュタールはカメロン宰相がおさえておりますので、このアムネリス王妃の死去についてさしたる騒ぎはおきておりませんし、また、自害、という事実もいっさい外には漏れておらぬようですが、それが明らかにならずとも、アムネリス死去、という情報がモンゴールに伝われば――モンゴールではかなりのさわぎが起きるでしょう。……暴動や反乱も考えられましょうし、それこそ自暴自棄になったモンゴールの残党による、一斉蜂起ということもありえましょうかと。いずれにせよそうなると、カメロン宰相はいよいよイシュタールをはなれられぬところですし……）

（援軍どころではなくなる、ということでもあるね）

ナリスは考えこんだ。

（なるほど、わかった。……それは、いつだ）

（ギールが報告をよこしましたのは、ついいましがたのことで）

（そうか。……ではそれは当然ながら、まだゴーラ軍にはまったく知られておらぬし、また、ほかの中原にも――グイン王はご存知なのだろうな）

（これから、ご報告申し上げてよろしければご報告いたしますが、ギールより報告がきたときにはすでにいくさに出ておられましたので）

（そうか。――むろんそれは、お戻りになりしだい教えてさしあげたほうがいいだろうな。……そうか。アムネリスが……）

一瞬、ナリスのおもてに、なんとも形容しがたい不可思議なかぎろいが浮かんだ。

それから、ナリスはそれをふりはらうように、かるく首をふった。

（まあいい。……ではひきつづき、リンダについていてくれ。……私のことは心配するな。私は思ったより元気だよ。というよりももう、いまとなっては、からだがどうの、いのちがどうの、といっていられるような状況ではなくなってしまったと、この壊れたからだのほうもひそかに感じているようだ。以前よりも……苦しくなることは多いが、ずっとぐずぐずはいわぬようだよ）

（またおたわむれを）

ヴァレリウスはむっつりと、

（そううかがって安心するというわけには、とても参りませぬが……ともあれ、イシュタールではそのようなことになっておりますので――むろん、イシュトヴァーンには、まったく現在、ユラニアとのあいだの連絡の手段はございませんので、このことについては、イシュトヴァーン軍のなかにあるものとしてただおひとかた、ナリスさまだけがご存知ということになるわけでございます。……これをどのようにお使いになるも、また御自分のお胸ひとつにたたみこんでおおきになるも……おまかせいたしますので……)

(ああ。あだやおろそかにはせぬことにしよう)

(それでは……私はそろそろ戻りませんと……少々、天幕をはなれたところまで参ってご連絡しておりますので……)

(ああ。……わかった)

心話がとぎれた。

ヨナもカイも、むろんほかの小姓たちも、そのいまのはたからは重たい沈黙としか見えぬあいだに、何か重大な情報でももたらされたのか、というようなことは、あえてきかぬ。馬車のなかにはひたすら沈黙が続いており、ナリスは、それをさいわいにして目をとじた。

「ナリスさま……お疲れになりましたか。……お肩をおほぐしいたしましょうか」

つと、カイの優しい手が、ナリスの細い肩をすべり、そしてうなじから肩にかけてそっと気をつけてなでさすりはじめる。それをほとんど無意識になすにまかせながら、ナリスは目をかたくとざして、いまの情報をあらためてかみしめていた。

(アムネリスが死んだか……しかも、自害……)

（イシュトヴァーンとのあいだの一子ドリアン――《悪魔の子》を遺して……）

（まだ、たしか……二十四、五歳にしかなってはおらなかったはずだ）

それは、いうまでもなく、かつて、ナリスをとらえ、拷問によっておのれの良人たることを強いようとした、征服者モンゴールの若き公女であり――そしてまた、ナリスが、色仕掛けをもってその心を征服しながら、むざんに婚礼の祭壇の前で裏切ってのけた相手でもあった。こおりついたようなエメラルドの瞳――豪奢な金髪、《光の公女》という名にまことにふさわしい、その輝かしい光の滝のような金髪と、そしてアムネリアの花のような驕慢な美貌、大柄でよく目立つ、よくととのった美しい容姿が思い出される。だが、それらの、普通の女性がのどから手が出そうに欲しがるであろう女性としての美点も、力も、またそのモンゴール大公の公女という高貴な生まれつきも、結局のところ何ひとつ彼女にさいわいをもたらしはしなかったのだ。

（アムネリスが死んだ……短い一生だったな……それに、不幸な……その原因の一端は、いや大半は……私にあったのかもしれないが……）

ナリスは、ゆっくりと目をひらいた。現実の世界を確かめてみるかのように目をひらき、おのれを人質として封じ込めている、ゴーラの馬車の内部を見回したが、また、それをこばむかのようにゆっくりと目をとざした。この戦場のなかで、いまはまだナリスにもまた、祈ることばも、うら若く薄倖な死者をいたむ思いも、おとずれることはゆるされぬかのようであった。

＊

「ウー・リー！　ウー・リーに伝令だ！」

イシュトヴァーンの絶叫が響く。

伝令がただちに馬をよせてくる。イシュトヴァーンは叫んだ。

「ウー・リーは率いる全軍をもってグイン軍の左翼にまわりこめ！　なんとかして、両翼からこちらにせめこまれるのをおさえろ！」

「かしこまりました！」

ただちに伝令が馬をとばしてその場をはなれてゆく。だが、この混戦のなかでどれほど、その指示に効果があるものか、そもそもいつ、どのくらいの時間があればあの伝令がウー・リーのもとにたどりつけるのか、それはイシュトヴァーンにもわからぬ。

まだ、日は高かった。――戦いはじめたのが、まだひるまえくらいのところだっただろう。イシュトヴァーンが「突撃」の運命の叫びをあげてから、一ザン、いや二ザン近くがたっているくらいだろうか。だが、いっこうに、戦場となっているこのシルの森に、戦いの物音はやむ気配も、弱まるようすもない。

（駄目だ……）

すでに、イシュトヴァーンは、ひそかに、はっきりとそのことを感じていた。

（歯が——歯がたたねえ……相手にならねえや……ああッ、くそったれめ！）

だが、ふしぎなほど——その思いは、はじめから、おそらくはそうだろうとイシュトヴァーンのなかでも覚悟が決まっていたゆえか、イシュトヴァーンをうちのめしてはいなかった。

ほがらかな——といっては言い過ぎだが、しかしそれに近いほどの思いで、イシュトヴァーンはいまや剣をふるいながらさえもそう認めている。

（ああ、まったく、あんたはすげえよ、グイン！　立派なもんだ。よくぞこれまで兵を鍛えたさ。よくぞ、こんなに……これほどまでに、はっきりと強い弱いの差が——これでもパロの連中あいてにゃ、圧倒的に強かったはずのこのゴーラ軍にさえこれほどはっきりとわかるくらい、鍛えあげたものさ……）

すでに、グインは、混戦のなかにいない。

はじめは、グインみずから兵をひきい、剣をふるって、ゴーラ兵を切り伏せていたのだった。その戦うすがたをしかし、わずか二合か三合みせただけで、グインは、自分自身はすっと馬をひき、《竜の歯部隊》の精鋭に守られながら戦場の後方にしりぞいて、そこから、馬上からずっと戦況を見つめている。

だが、それは当然だったかもしれなかった。わずかそれだけ切り結んだだけで、ゴーラ兵たちは、グインのすがたをみると鼻白み、誰もグインにむかって斬りかかってゆかぬようになったからだ。それどころか、グインが剣をふりかぶって殺到するや、蜘蛛の子を散らすようにそこから逃げ散るというありさまだった。それをみて、グインは剣をおさめ、後方にひきしりぞいて、たたかいを部下たちにまかせたのだ。それは、これまでもそうしてきたに違いない——と、はっきりとわかるようなようすだった。

イシュトヴァーンのまわりには、むしろ逆だ。必死のゴーラ兵たちが王を守ろうと、斬り倒されても斬り倒されても分厚い人垣を作っているが、そのまわりにあとからあとから、ケイロニア軍のおそらくは腕に自信のある勇者たちだろう。それが、（なにほどのことやある）（ゴーラ王イシュトヴァーン、いざ見参）とばかりに、つめかけておそいかかってくる。

すでに隊列は崩れ、陣形というほどのものもかまえることもできぬ大混戦となりはてている。そのなかにあって、《竜の歯部隊》だけがすでにグインを守って、そのまわりに粛然と整列して命令一下飛び出してゆけるよう構えていたが、さしもの黒竜騎士団も、パロやかつてのユラニアの弱卒をほふるようにはゆかぬのだろう。おおまかな陣形はなんとか保とうとしつつも、混戦に陥っている。

どの一人も、パロ兵などからは想像もできぬくらいに強かった。体力もあるし、剣も馬術もきわめて鍛えられている。だが、それは、ゴーラ兵でも同じことである。

だが、何かが違う——戦いはじめてすぐ、イシュトヴァーンは、それをいたいほどにひしひしと感じていた。

（くそ……いったい、何が……何が違うんだッ……）

このあいだ、マルガにしりぞく前にほんのちょっと手合わせしたときにも思ったのだ。だがあのときにはまだ、その一端をかいまみたくらいだった。今回は、そのケイロニア軍の全貌が、おそろしいほどにあからさまにこちらにおしよせてきている。

（これは……たぶん、ただの、体力だの、技術だのの違いじゃねえ……）

それを、とことん研究し、そしてこちらもそれに応じて軍勢を鍛え直し、編成しなおさぬ限りは、決して、ゴーラには勝利はありえないだろう——それが、痛いほどに、イシュトヴァーンに悟られている。むろんこの混戦のなかでは、もはやそのようなことも考えているゆとりはない。右に左に、勇猛なケイロニアの騎士たちと必死に切り結びながらも、イシュトヴァーンにいつもの狂気が訪れてこなかったのはだが、おそらくは、その強烈な思いのせいだったのだろう。

あの、戦いの狂気と恍惚のかわりに、いまのイシュトヴァーンを必死にかりたてているのは、むしろ、（絶望）——そしてそれとはうらはらな（希望）であった。

（くそっ……俺は生きのびる！　必ず生き延びてやるんだ！）

（たとえどれほどきゃつらが強くても……生き延びて、もっともっと……いまの倍も、二倍も、三倍も強い軍勢を……作り上げてやるんだ……ゴーラ軍こそを、世界最強の軍勢にしたてあげるまでは……俺は……絶対に死なねえぞ……）

その、狂ったような思い。

それは、ケイロニア黒竜騎士団の騎士と刃をあわせ、これまでやったどの敵ともまるで違う——と悟った瞬間にイシュトヴァーンにつきあげてきた狂おしいほどの妄執だった。

（死ぬものか……やられるもんか！）

「伝令ッ！」

狂おしく、イシュトヴァーンは、声を張る。

「はいッ！　ここに！」

すぐ近くにはこられぬのだろう。伝令の声が絶叫で答える。

「ヤン・インに援軍を要請しろ！　あと二千、連れて参戦しろと伝えろッ！」

「かしこまりました！」

だが、それも何かになるとは思っていない。本当は、それはいいたくないところだった。すでにヤン・インの軍は、鎧袖一触でケイロニア軍に叩かれてうしろにさがったのだ。ケイロニア軍のこわさを知っている部隊をさらに投入したところで、もっと追いつめられていれば格別、そうでなければ、士気はふるうまい。

それに、本当は、グイン軍三千に対しておのれも三千、まったくの同数であたったのだから、そのままで押し通したかった。だが、このままではそのまま総崩れになってしまいそうなおそれが、イシュトヴァーンをとらえていた。

（くそっ……もう、しょうがねェ！）

全軍をひきいてのいくさであったらまだしかたがない。だがうしろにリー・ムーの軍もいる。その前で、ゴーラ軍の将兵全員がただひとつの頼みとするおのれの精鋭が、あまりにぶざまな崩れたちかたをするのが、イシュトヴァーンは怖い。

（これはもう……だが、いっぺんなりふりかまわずひきあげないとしょうがねえかな……）

引き上げさせてくれるものならば、だ。

だがそれについては、それほど心配してはいなかった。いくらでもその気になれば、あいては兵をまわして後衛のリー・ムー軍とのあいだを分断もできるはずだ。なんといってもまだワルスタット侯騎士団も、そして弱いにせよ神聖パロ軍もまったく指一本動かしてはおらぬままなのである。だが、グインはまったくそうしようとはしていない。また、そうする必要もないと思っているのだろう。だから、イシュトヴァーンがうしろにしりぞいて、この場をリー・ムーやヤン・インにまかせてしまえば、それはいくらでもできる。

本当は、そうしたほうが、こののちのゴーラ軍のためにはよいのかもしれぬ、という思いもかすめないでもなかったが——

(いや、だめだ。俺がここでうしろをみせたら、若いあいつらは……)

そのあと、二度とついてこなくなるくらいならまだいい。それ以上に、イシュトヴァーンが恐れるのは、恐怖にかられたゴーラ軍のまだ若い兵士たちが、みな戦意を喪失してしまうことだった。ここでもしも万一たがはずれてしまえば、最悪ばらばらとこの三万の軍勢など、雲散霧消してしまう。ありえないことではない。どれほどの大軍でも、いったんそのさいごのたががはずれれば、ばらばらになって消滅するのはあっという間なのだ。イシュトヴァーン自身、長い傭兵生活のあいだに、そのようなケースも目のあたりにしたこともあった。

(くそ……)

黒竜騎士団の、黒光りする不吉な頑丈なよろいすがたが木々のあいだにちらちらと見え隠れする。激しく、ゴーラ軍と切り結んでいるかれらのたくましいすがたは、いまのイシュトヴァーンには、黒いあやしい死神、ドールの使いのようにさえみえる。

(くそ……なんとかしなくては。……なんとか……)

イシュトヴァーンは、ぺっと唾を吐き散らした。

2

「ワアアーッ！」

かたわらで激しい叫び声がおこる。斬り倒されたゴーラ軍の騎士が、馬からまっさかさまにころがり落ちる。ケイロニア兵はさっと馬をかえし、ただちに次のかまえに入っている。その面頬をおろしたすきまから見える目が、ぎりっと、イシュトヴァーンを見据えている。

「どけッ！」

イシュトヴァーンは、やにわに剣をふりあげた。激しくなぎはらい、滅茶苦茶に左右にふりまわしながら、とりあえずおのれのまわりにちょっとでもすきまをつくるように狂いまわった。ケイロニア兵たちが、こころもちひきしりぞく。何によらず深追いはするな、ということをあらかじめいいわたされてもいるのだろう。

（どのくらい……やられてるんだろう、こっちは……）

かすかに、イシュトヴァーンは、考えた。もう、混戦状態のなかで、そんな報告の届く余地もなくなっているが、こちらのほうが圧倒的に死者が多いのだけは確かだ。これまでの対パロのいくさの状態がきれいに逆転した、とまではひどくはなかろうが、比率が逆になったことは疑えない。この一日二日で、おそらくゴーラ軍はもう三万はまったく残っていないだろう。じっさいには全面的に衝突はしておらぬ。つねに数千づつのぶつかりあいになっているから、一気に二万を割っている、というところまではさすがにゆかぬだろうが、それにしても二千や三千の死傷者はかるく出ているに違いない。

（なんとか……ここを切り抜けて……ゴーラへ――イシュタールへ……）

つっかかっても、つっかかってもかなわぬ大人にむかってつっかかってゆく子供のような気持がイシュトヴァーンをとらえていたが――

（とにかく、だがここだけは……とりまとめなくてはならない……でねえと、もう何もかも……）

すでに、ゴーラ兵たちの気迫にいつもの勢いが著しくなくなってきていることを、イシュトヴァーンは混戦のなかで肌身で感じている。

またいつもなら阿修羅のように暴れ続けるイシュトヴァーン自身も、当然いつもとずいぶん違う、とゴーラ兵たちに思われているだろう。イシュトヴァーンにしてみれば、いつもとまったくかわりなく戦うときには全力をふりしぼっているつもりだが、それでも、相手が違うのだ。もしもここで、いつものように理性を手放して血まみれの殺戮のよろこびに夢中になってしまったら、気づいたときには何もかもが終わっているだろうということもわかっている。

（くそ……ここが、正念場だな……ヴァラキアのイシュトヴァーン、ゴーラ王イシュトヴァーンさまの……だが、一気に——一気にそいつを逆転する方法がひとつだけある！）

おぼろげに、木立の向こうに見えるケイロニア王の本隊。

それを、イシュトヴァーンは血走った目でにらみすえた。

「どけ、どけェェッ！」

もう一度、すでにしゃがれているありったけの声で絶叫するなり、剣をひっつかみなおし、ぶんぶんとふりまわしてもう一度まわりに少しばかりのすきまを作り、馬首をたてなおす。

「いいか。ゆくぞ、はやて！　怯えるな、大丈夫だ！」

首を叩いてはげましてやってから、この馬は最大の愛馬のはやてではなかったと気づいた。はやてはスカールとの戦いに負傷して、マルガにおいてきたのだ。はやてであったら、もっとおのれの心をくんでくれただろう、という思いがちらっとかすめたが、もう、それも思っているいとまはなかった。

「行くぞーッ！」

愛馬の手綱をつかみ、思い切り腹を蹴る。馬が激しくいないて走り出す。たちまち、そのゆくてにケイロニア騎士たちが立ちはだかるのを、

「どけ。どけーッ！」

右に左にがむしゃらに大剣をふりまわしてはらいのけた。つっかけてくる大槍を左手でつかんでひき、馬上からくずれてくるのを思い切り剣をふりおろして、どっと落馬するのをふりむきもせずにさらにそのまま突進する。

（グイン！）

たとえ、この場では、敗れ去るのはもはや避けられぬとしても――

せめて、ひと太刀だけでも、ケイロニア王グイン当人にあびせなくてはならぬ。

むろん、勝てるとは思っておらぬ。だが、また、グインの手にかかるとも思っていなかった。グインには殺気がない。

（そいつが……あんたのすげえとこだが、そいつが俺のつけこめるたったひとつのスキだ！　行くぞ、グイン！）

グインと戦って、とりあえずのやりとりをした上で引き上げるのならば、かなりの被害が出たとはいえ、ゴーラ軍の将兵もかろうじて納得するだろう。イシュトヴァーンの面目はなんとか保たれるはずだ。もういまとなっては、この場からそうやって退却でき

る態勢をこしらえるためにだけ、戦っているようなものだった。かつての彼なら、そんなことは考えもしなかったと思う。だが、いまの彼は、なんとか、このいくさを切り抜けて、無事にゴーラに帰り着きたい、という思い一途にこりかたまっていたのだ。

（これまでの俺がどんなに何も知らなかったのか——ひたすらがむしゃらに戦ってきたばかりで、どんなに何もわかってなかったのか——いまやっとわかったんだから——）

（すべてはこれから変わるのだから……だから、生き延びたい……生きてイシュタールの地をふみたい……）

このあとどうやって、おのれの兵を鍛えてゆくべきなのか、何を目標にすべきなのかもようやくわかってきたのだ。それを、わかった瞬間にいのちをおとすのは、異国にうもれるのはあまりにもむなしい。

「グイン！」

イシュトヴァーンの絶叫と、そしてはっきりとゴーラ王イシュトヴァーンとわかる一騎が、本隊の中央、《竜の歯部隊》に守られて悠然とかまえるケイロニア王グインを目指していることが、戦場の誰にもわかった。

《竜の歯部隊》の精鋭たちが、さっと色めき立って応戦の態勢をとろうとする。だが、グインのひと声がそれをとめた。

「不要！　左右に退け。場所をあけろ！」

「はッ！」

もとより《竜の歯部隊》は最大の精鋭、グインの股肱——ただのひとこともかえすことなく、そのことばに従うことを徹底的にたたき込まれている。疑問のことばひとつ投げるでもなく、さっと左右にひきしりぞく。海がふたつに割れてドライドンがすがたをあらわすように、騎士たちが左右にしりぞいて、グインの悠然たる馬上すがたがあらわれた。それを、イシュトヴァーンは見た。

「グイン！」

のども裂けよと彼は声をふりしぼった。

「戦え！　俺と戦え！」

「ゴーラ王イシュトヴァーン——」

ゆったりと、グインが応じた。

「一騎打ちが所望とあらばそれもよかろう。……伝令、ガウスとカリスに、そろそろ兵をとりまとめにかかるよう伝えよ。ゼノンはきているか」

「さきほどのご伝令をお伝えしたところただちにこちらにむかっておられます」

「よかろう。ゼノンが到着しだい、ガウスに《竜の歯部隊》をひきいて撤退にかからせよ。ゴーラ兵を刺激せぬよう、一気にではなく、何段階かにわけて撤兵し、本陣に集結するよう伝えておけ」

「かしこまりましたッ！」

伝令がいぶかしげにグインをふりあおいだ。

「ゼノン将軍には……何か御用でございましたか――？」

「いや」

不敵に、グインが笑った。

「おそらく、俺とイシュトヴァーンの一騎打ちなら、ぜひとも近くで見たいだろうと思って呼んでやったまでさ」

「これはこれは……ではいってまいりますッ」

伝令がかけ去ってゆく。それを見送って、悠然とグインは馬首をたてなおした。

「グイン！」

すでに、猛然と迫ってくる一騎は、グインが応戦をひかえさせたゆえに、混戦の戦場をさまたげられることもなくかけぬけ、いまやケイロニア軍のまっただなかにおそれげなく突っ込んできている。

かぶとはかぶらず長い髪の毛を風になびかせ、白いマント一面にかえり血をあび、白いよろい、白馬にうちまたがり、その秀麗な顔に包帯をあてているのが惜しまれるものの、物語絵の武者のすがたのように目をひく勇敢な若武者そのものだ。それへ、グインはトパーズ色の目をちょっと細めて見やった。

「ひいていろ。よいな。手出しはするな。俺には危険はない」

不敵に近習たちに言い捨てると、グインは手綱をぐいとひいた。グインの巨体をのせることのできる、現在のところ唯一の馬である、草原の伝説の名馬稲妻号の血をひく《フェリア》号にうちまたがり、ゆっくりと前に進ませる。イシュトヴァーンは、うたれたように馬をひきとめる。

二人は、二百タッドばかりの距離をはさんで対峙した。あいだにわりこむものひとりない静寂のなかで、イシュトヴァーンの黒い瞳と、グインのトパーズ色の目がひたと刃をかわすように交わされた。

「ついにこの日がきたな、グイン！」

叩きつけるようにイシュトヴァーンは叫び、そして一気にまた馬をかりたてて百タッド近くの距離をつめた。

もはや、まわりのゴーラ兵も、またそろそろ撤兵を告げられたケイロニア軍もむろん、剣をひかえていた。思わず、息をのみ、魅せられてこの神話めいた光景をみつめた。宝冠をいただく豹頭もつきづきしい、ケイロニア王、勇者グインと、そして対峙するは白づくめのいでたちにもかかわらず、黒髪と黒い瞳と浅黒い肌のゆえか、まざまざとその身のまわりに《夜》の深い闇をたちのぼらせるゴーラの狂王、イシュトヴァーン。

はるか昔、スタフォロスの炎のなかではじめて名乗りかわし、そしてノスフェラスの砂漠でともにたたかった二人の英雄は、いまここに、宿命の対決のその刃をかわす瞬間を迎えようとしているのだ。

「来い！」

グインは落ち着いた声で応じて大剣をすらりと腰の鞘から引き抜いた。ぶるっとイシュトヴァーンは身をふるわせた——次の瞬間、イシュトヴァーンは、がむしゃらに、馬をかりたて、剣をふりかざしてグインめがけて突進した。

一気に残りの距離が詰まってゆく。グインは馬をなだめながら待った。イシュトヴァーンの浅黒い顔が、間近にそのひきつった表情が見えるほどに近づいたとき、グインは一気に馬をかりたて、こちらからも躍り出た。イシュトヴァーンのふりかぶった剣と、グインの大剣とが、正面から打ち合わされて、すさまじい金属音もろとも青い火花が散った。

すかさずグインもイシュトヴァーンも馬をなだめつつかけぬけた。すれちがいざますでに馬首をたてかえ、相手に向き直っている。いれかわった状態で、かれらは互いの力をあらためてはかるようににらみあった。

「ナリスどのを引き渡し、ゴーラに帰れ、イシュトヴァーン」

グインの野太い声が、イシュトヴァーンの耳を打った。

「ならば、この場は通してやる。この上あがいても、どうなるものでもあるまいぞ」

「やかましいや！」

イシュトヴァーンは吼えた。すべての迷いもためらいも——怯えも、また、あれやこれや思い迷うていたすべての妄執さえも消えた。

あるのはただ、目のまえにいるこの強敵、どこからどうつっかかっても隙もなければ、弱みもないというこの強敵を、なんとしてでもくらいついてでも倒してやりたい、斃すのが無理ならばせめて一太刀のみでもむくいたい、という、戦士の本能のみ——

すでに、イシュトヴァーンのなかからは、長い、長いあいだかれをとらえてきた狂気さえも消えていた。すべての記憶も、世界さえも消えた。世界にあるのはただ、グインとおのれ、ただそれだけであった。まわりを埋め尽くすゴーラ兵、ケイロニア兵、そしてゴーラの将兵をなんとかして無事に国に連れて帰りたいということ——ゆくすえに対する懸念、何もかもが消え失せた。イシュトヴァーンのおもてが、この数年来かつてなかったほどの、すさまじく明るいランプの炎のように燃え上がった。

「グイン！」

イシュトヴァーンはまるでこがれ求めるかのように絶叫した。そしてまた、手綱をひきしぼり、馬をかりたてて、グインめがけて殺到した。

すかさずグインのほうからもこんどは突っ込んでくる。また、大剣が激しく打ち合わされる音があたりの静寂のなかにひびく。こんどは、二回、三回と巨大な鍛えられた剣が——通常の戦士ではふりまわすのも困難なほど巨大で重たいグインの剣と、イシュトヴァーンのやや細身だがよくよくきたえたはがねの剣とがぶつかりあい、はらいのけられ、青い火花が散る。どちらも、それだけの激突にもわずかさえ刃がかけもせぬ名剣である。これまでに多くの血を吸ってきている。

「手をあげたな、イシュトヴァーン」

グインが息も乱さず怒鳴った。

「なかなか、よい戦士になったぞ！　その腕、いま少しまともな王たることに使ってはどうだ」

「うるせェッ！」

たちまち、かっとイシュトヴァーンの目が火をふいた。

「余計なこと、ほざくんじゃねェ！　このど豹あたまがァ！　そんなこと、気にしてるあいだに、てめえの心配をしやがれ！」

景気づけさながらに叫びざま、イシュトヴァーンはこんどは思い切り剣を突きに繰り出した。たちまちグインが横にそらしてその手首をはらいに振り下ろす剣を、あわててよける。

「畜生、もどかしいぜ！」

やにわにイシュトヴァーンは、馬をなだめ、ちょっとひくなり、馬から飛び降りた。

「こい、グイン！　決着つけようぜ！」

「無茶をする」

笑いながらグインが云った。同時に、馬からずしりと飛び降りた。賢い戦馬たちは情勢を察して、どちらもさっと戦場から退避しつつ、あるじに呼ばれるのを待ってうしろに残る。

「この豹野郎、なんてでっけえんだッ」

あらためて大地に足をつけて相手をにらみすえてみて、イシュトヴァーンは唸った。これほど大きかっただろうか——いくらなんでもその後にそれほど育つわけもない。こうして正面から、敵として、対峙することがなかったゆえに、それほどとも思わなかったのか、と思う。たてが、イシュトヴァーンよりも頭ひとつ以上大きいのはわかっていたが、横のほうは明らかに、その後多少グインのほうも肉がついていたかもしれない。

「俺の倍もありやがるじゃねえか。……くそ、負けるか」

すでにゴーラ兵も、またケイロニア軍の将兵もみな、食い入るようにこの勝負に見入っている。たたかいはやんでいた。激しいいくさの物音がきこえているのは、まだ伝令のゆかぬ遠くのほうだけだ。

そのなかで、イシュトヴァーンは、荒々しく、剣を横にかまえてその豹頭の巨人めがけて突進した。おのれが、大人に喧嘩を売っている小さなやんちゃなチチアの子どもにでもなったような気がした。

「おのれーッ！」

剣を思い切り左から右へ真横になぐ。まともにあたれば、胴を骨ごと叩き割る必殺の一撃だ。だがグインは苦もなくうしろによけ、すかさず切り返した第二撃をこんどはたてにかまえた大剣を両手で支えてがっちりと受け止めた。ふたたび激しい金属音もろとも、火花が飛び散る。

「くそ、この野郎！」

イシュトヴァーンはこんどは作戦をかえてやみくもに素早く小刻みに剣をあやつって切り込み、突きをいれた。グインの巨体が仰天するほど敏捷に動き、すばやく大剣を舞わせてカン、カンと軽い音をたててリズミカルに上、下、上、下とイシュトヴァーンの剣さきをうけとめ、払いのける。驚くほど素早い、舞うようにきれいな動きだ。

「ウ……」

夢中になってこの勝負を見つめているのは、ゴーラとケイロニアの将兵たちばかりではなかった。

「す、すごい」

グインがわざわざ見物したかろうと呼び寄せてやった、ゼノンはもう夢中になって、青い目を狂おしく輝かせながら、おのれの手にしたそのあたりの木の枝がたくましい手

のなかでへし折れるのも気づかず、息をのんで見つめている。そのうしろのあたりに、ヴァレリウスが宙に浮かんでこのようすを見つめていた。

「これはすごい……」

ゼノンはおのれが何を口走っているかも気づいてないようだ。

「なんて早い剣さばきだ……ああ、なんであんなに早くできるんだろう……」

「お気がつかれましたか、ゼノンどの」

ヴァレリウスに声をかけられたのも、ゼノンのほうはまったく無意識だった。

「え」

「グイン陛下は……まったくこちらからは攻撃に出ておられませんね」

「え……あ、ああ……そ、そうかな」

ゼノンはまったくの上の空だ。その手のなかでへし折られた若木の枝からぷんとつよい香りがにおいたつ。

「まったく、本気を出してはおられないんでしょう。……防戦するだけなら、あのまま……まる一日でもああしておられそうだ……しかもにこやかに笑いながらでも。それが一番すごいな」

ヴァレリウスのいうとおりであった。

イシュトヴァーンは、しだいに焦りはじめている。

（畜生……グインのやつ……）

何回切り込み、踏み込んでいっても、確実にひょいと受けられ、そらされ、はねかえされる。そのたびに、必ずおのれはちょっとは態勢が崩れているのだから、そこに切り込まれれば、何回かは大きな隙を見せてしまったこともわかっている。

だが、グインはその隙にいっかな乗じてこない。ただ、まるでうちあいを楽しむかのように、カンカンとリズミカルな音をたてて、イシュトヴァーンのするどい突きをも、うちこみをも、払いのけ、うけとめ、かるくステップしてよけるのをくりかえしている。思い切って大振りに仕掛けてみても同じだった。

（く……まずい、このままだと……あっちのほうが体力は百倍あるのは確実なんだ……手傷をおわせるどころか、あいてのからだに剣をふれることさえできねえうちに……こっちが疲れてしまう……）

スカールとのたたかいで、飲酒でおのれの体力が費やされていたことが、あんな苦戦をしいられたことの直接の原因だったと思い知ったときから、イシュトヴァーンは、おのれに制限して、酒を相当減らしていた。

いや、たたかいに入ってからはまったく飲んでもいない。また、酒を飲むどころではなかったのも本当だ。そしてそのあいだは、体力を取り戻すのにつとめていたから、あのときよりは、相当状態はいいはずだ。

だが、グインの巨軀はやわらかく、しかもしなやかな筋肉をそなえ、およそ疲れというものを知らぬかのようであった。

（それに……グインのほうは……ただ受けているだけで、ほとんど無駄な動きをしていない……だから、疲れも少ない……）

（なるほど、あれだけ、もとの力が違っていると、たたかいのさなかでさえ、あんなに余裕があるものなのか……）

ヴァレリウスはひそかに感心していた。

それほど力が違う、と、もともと武将ではないし剣の道などおさめておらぬヴァレリウスにさえ見てとれるほどに力の差のある二人であっても、そのイシュトヴァーンが、弱いというわけではまったくない。これまでのどの突き、どの一撃、どれをとっても、まず黒竜騎士団の相当な勇者であっても対抗できず、最初の一撃だけはかろうじてかわしてもこのめまぐるしい素早い突きと払いの連続攻撃にあったらかわしきれずに傷をおい、そのまま隙をみせたとたんにどっとつっこまれているだろう。それ以前にまず、大半の普通の戦士では、このすさまじい気迫にみちた攻突にふっとばされてしまうだけのことだろう。

（なるほど、いい戦士なのだ……それにとても強い……だが、どれほどこちらが強くても、所詮は人間、という感じがする……だが、グインのほうは……）

グインのほうはイシュトヴァーンを相手に――その、ふつうの戦士なら立ち向かうことも困難だろう狂戦士に対して、おそらくまだ、半分の本気をさえ出していないだろう、ということが、あまりにもはっきりと見ているものすべてにわかる。

赤児の手をひねるような――とまではさすがにゆかぬかもしれぬ。だが、大人と子供程度には違う。――おさめている剣技も、体力や筋力も、またもともとの体格そのものも――そして風格そのものも何もかも違うのだ。本来ならばこれだけの巨体なら、それを動かすためには多少鈍重たらざるを得ないものだが、グインにはそれがない。どの筋肉もおどろくほどやわらかくしなやかで、そして非常な速度で動く。この巨体にこのスピードが加わっているのだ。

(まさしく……この人は、現在ただいま世界最強の戦士なのだ……たとえどこをどう探そうとも……この人以上の戦士はひとりとしていないだろう……)

ヴァレリウスははっきりとそう感じた。

(格だ――そうだ。その上に、グインとイシュトヴァーンとでは……格が違う。戦士としての格、だけではない……人間としてのだ……グインは、イシュトヴァーンを傷つけまいとしている……いつでも、彼はその気になったときにイシュトヴァーンをおさえつけられるのだろう……その、風格が違いすぎる……いったい、どこでどう……これほどの差が同じ人間に出てくるのか……これまでの生きる年月をどう鍛錬に使ってきたかなのか……それとも、もっと……)

「畜生ッ!」

イシュトヴァーンは、怒鳴った。

(冗談じゃねェ……このままじゃ、どんどん体力を吸い取られて……あいての思うつぼにはまっちまう……ましてここはケイロニア軍のどまんなかだ……)

自ら望んで飛び込んだとはいえ。

さいわい、うしろにおのれの愛馬はじっと待っているが。

「くそ! 決めるぜ!」

イシュトヴァーンは絶叫した。そして、同時に腰だめに剣をかまえ、必殺の息あいをこめて、思い切りグインめがけて突っ込んでいった!

3

「ああッ！」

覚えず——

悲鳴のような声をあげたのはむろんグインではなかった。

ゼノンも、ヴァレリウスも——また、息をつめ、手に汗にぎって見つめているものたちみなが、悲鳴をあげた。

グインは、あえてよけなかった。イシュトヴァーンのすさまじい攻突をまっしぐらに立ったまま受け止めようとする——かにみえる。

「陛下ッ！」

ゼノンの口から絶叫がほとばしったその刹那。

まさにイシュトヴァーンの剣がおのれの胸をとらえる、と見えたその瞬間に、グインはあざやかにひらりとわずか髪の毛一筋ほどの間合いでからだをひらき、イシュトヴァーンの剣におのれのよろいの胸もとをあえてかすらせざま、瞬間に持ち替えた大剣の柄でイシュトヴァーンの手首を打った。

「うわあッ」

イシュトヴァーンの口からするどい声がもれたが、イシュトヴァーンはさすがに剣を落とさなかった。右手はしびれて剣をはなしていたが、それをいきなりごつい軍靴の足さきで蹴上げてあざやかに左手にその柄をつかみとったのだ。と見る間にとびすさって身構えていた。そのまま、息つぐひまもなく左手に右手をそえて突っ込んでくる。

「さすがだな、イシュトヴァーン」

グインが、こんどは悠々と身をひらいてやりすごしながら云った。イシュトヴァーンの顔が真っ赤に染まった。

「なぶってるのか、きさま!」

「褒めている。よくぞ、切り抜けたな」

「畜生、子供扱いしやがって!」

右手はグインのおそるべき一撃にしびれて使えなくなっていた。イシュトヴァーンは左手でしっかりと剣を握りしめ、その左手首を右手で支えながら、やみくもにグインめがけて突きかかった。グインはもう、剣ではらいのけようともせず、右に左に舞うような美しい動作でイシュトヴァーンの剣をよけるのを楽しんででもいるかのようだった。

「お前を殺す気はない、イシュトヴァーン」

　グインは叩きつけるように云った。

「パロを出ろ。ナリスどのを返してパロを出るなら、レムス軍は引き受けてやる。ナリスどのを返さぬというのなら、ここで全軍捕虜にする。どちらを選ぶ」

「えーらそうに、全軍捕虜にするだと」

　烈火の如く怒ってイシュトヴァーンは叫んだ。

「できるものならしてみやがれ、いったい何万人いると思ってるんだ！」

「だが、お前は俺に勝てぬし、お前の軍勢は俺の軍勢に勝てぬ。それはもうお前自身にもわかっているはずだ！」

「う、う――うるせえなッ！」

　イシュトヴァーンは思い切って踏み込んでグインののどもとをとらえようとした――その足に、いきなり、グインの足払いがとんだ。

　完全に虚を突かれて、イシュトヴァーンのからだが宙に舞った。そのまま叩きつけられながらも瞬間的にからだを入れ替えて戦う態勢をとろうとしたのはさすがだったが、そのときにはすでにグインの大剣がイシュトヴァーンの顔の真横の地面に突き立っていた。

「う……うわッ」

「動くな」

烈帛の気合いに、思わずイシュトヴァーンは動きをとめた。

「や……やった」

ゼノンが無意識に口走る。

「く……ッ！」

下からなおも抵抗して剣をつきあげようとする、その手首を容赦なくグインが蹴った。あっと叫んでイシュトヴァーンの手から大剣がはなれる。それがおのれの上に落ちかかってくるところを、ひらりとグインの手がすくいとるなり、おのれの剣とイシュトヴァーンの剣とを交差させてイシュトヴァーンの首を×のかたちに地面にぬいつけた。

「ひッ……」

「動くな。首が切れるぞ」

グインの声は笑いを含んでいる。

「ゴーラの鎧は、ケイロニアのと違って、襟もとが立っておらぬからな。なぜ、かぶとをかぶらぬ。首はひとつしかないのだぞ、イシュトヴァーン」

「ち、ちくしょッ……なんだよ、てめえだって、かぶらねえじゃねえかッ！」

イシュトヴァーンはわめいた。グインは笑った。

「俺はただ、かぶるかぶとがない。……豹頭用のかぶとなど、作ったところでさぞかし妙なかたちだろうからな。——それにまあ、たいていの者より俺はだいぶん上に頭があるので、頭に斬りかかられることはほとんどないのでな。……どうだ、イシュトヴァーン。俺のいったこと、考えてみてくれぬか」

「な、な——何をだよッ」

「ナリスどのをこの場で返して、パロを出るということだ。……レムス軍はすでにこちらに向かってタラント聖騎士侯を指揮官とした三万が南下、またそのうしろからレムス王自身がひきいた五万、さらにまたその束にもマルガに向かってくる軍勢がある。お前がユラニアに帰り着くためにはどうしても、どこかでレムス軍と戦わねばならぬ。……お前は、パロ軍など問題でもないと思っているだろうが、お前はわかっておらぬ。……相手はパロ軍ではない。キタイの息のかかった、死霊の軍勢であったり、竜頭の怪物たちの軍勢であったりするのだぞ」

「な……なん——だと……」

イシュトヴァーンは思わず息をのんだ。

かつて、国境近くの街道で見たあの竜頭の怪物のすがたが目によみがえってくる。

「あの怪物……」

「そうだ。あれは《竜の門》と称する、キタイの竜王直属の怪物どもだ。あれはなかなかに手強いぞ。おどすつもりはないが——あのうろこはなかなか、なみの戦士の刃では歯がたたぬ。その上に、あの見かけだ。おまけに妙な魔道も使う。……ああした魔道がらみの連中に見慣れぬゴーラの若者たちには、少々こたえるのではないかな」

「く……」

イシュトヴァーンは、おのれの上にのりかかり、交差させた二本の大剣におのれをいましめたまま、悠然と世間話でもするかのようにその大剣の柄を握ってかれをのぞきこんでいる豹頭王を、歯を食いしばってにらみ上げた。

「あんなの、まやかしじゃねえのかよ。……魔道であんなすがたにされてるだけじゃねえのか？」

「では、ないようだな。キタイには、ああいう連中がじっさいに住んでいるらしい。というか、あれらが、竜頭の一族――キタイ王ヤンダル・ゾッグの一族なのだ。あれらを精鋭として、ヤンダル・ゾッグは世界征服をもくろんでいる。……いま、ヤンダルはキタイにおきた大規模な反乱を鎮圧するために、キタイに戻っている。それゆえ、レムス軍のほうはおそらく前よりは弱体になっているだろうが、多少の《竜の門》が護衛に残されているだろうということは、予測しておいたほうがいい。お前の軍勢はいい若者たちがそろっているがまだみな若い。いったんくずれたつと、収拾がつかないぞ」

「いったい、あの二人は、あの格好のままで何をしゃべっているんです」

あきれて、ゼノンが云った。ヴァレリウスは笑い出した。ヴァレリウスのほうは魔道師だから、耳も遠耳の術が使えるよう、かねてから訓練されている。

「とりあえず、ナリスさまをひきわたしてパロを出るようにと説得されているんですが……確かに、異様な光景ではありますな。豹頭王陛下以外ではありえないような」

「………」

「なあ、グインっ」

イシュトヴァーンはうめいた。

「いい加減にその剣、抜けよッ！　もう、抵抗はしねえよ！　首、切れても困るし、これ以上なけなしのツラに傷がまた増えるのもぞっとしねえからよ！」

「いいとも」

グインはおだやかにいって、二本の剣を両手にもったまま、ぐいと地面から引き抜いた。

その、刹那。

「甘いぜ！　グイン！」

いきなり、イシュトヴァーンは腰のベルトにさしこんであった刀子をひきぬきざま、グインの胸もとに躍り込んで、刀子をふりかぶり、豹頭にむかってふりおろした――

「ああッ！」

誰かが絶叫する――

が。

その刀子は、グインがひょいと掲げた大剣の柄にがしりとうけとめられていた。同時に、グインはもう一本の大剣の刃をあげ、二本の剣の刃のあいだに刀子のほそい刃をはさみこむなり、ひょいとひねりあげるようにして、刀子を遠くにはねとばしてしまった。

「あきらめの悪いやつだ」

グインの声はなおも笑いを含んでいる。

「それとも、いつもその手でさいごの勝利を得てきた、と賞賛してやるべきかな？　だが、もう気が済んだだろう。これで、話し合いに入る余地ができたのではないかな？」

「畜生ッ、勝手にしやがれ」

イシュトヴァーンはこんどこそ降参した。どかりと大地に座り込み、あぐらをかく。

「兵をひかせてやれ、イシュトヴァーン。俺はもう撤兵の命令を出している。……俺のいま申し出たのはあだやおろそかのざれごとではない。お前がここでナリスどのを渡して、神聖パロから手をひくなら、南下してくるレムス軍には俺が兵をひきいてあたろう。そして、お前はイシュタールに戻った方がいい。イシュタールにもいろいろと変化がおこっているようだ」

「変——化？」

ぎくっとして、イシュトヴァーンはグインを見上げた。グインはおのれの大剣をさやにおさめ、イシュトヴァーンの剣をイシュトヴァーンに手渡した。

「そうだ。……どのような変化かは、あとで直接、イシュタールからの伝令にきくがいい。だが、よいことと悪いことが同時におこっているようだぞ。なあ、イシュトヴァーン、お前はもう、このようなところでこのようなことにかまけているひまはないのではないのか？」

「くそーッ」

イシュトヴァーンはつぶやいた。それから、いきなり、あの、かつての彼の最大の特徴でもあれば魅力でもあったかぎりなくふてぶてしいところをみせて、ニヤリと白い歯をみせて笑った。

「くそったれのドールの豹野郎が。……のどがからからだよ。なんか飲ませてくれ」

「酒か。それとも、カラム水でも持ってこさせるか」

「酒にしてくれ。ここんとこしばらくご法度にしてたからな。からだじゅうがひからびちまいそうだ」

「おい。小姓、イシュトヴァーン陛下に火酒をひとつぼ、お持ちしろ。それから、椅子とだ」

「椅子なんかいらねえよ」

イシュトヴァーンは起きあがると、愛剣を鞘に落とし込んだ。

「だが、ちょっと落ち着いて話をさせてもらうぜ。ナリスさまのことはともかく、その……レムス軍のことだ。俺は……」

言いかけたとたんにイシュトヴァーンがひどく顔をしかめた。

「つ……」

「頭が痛むか。イシュトヴァーン。割れるように」

するどい目をそのイシュトヴァーンのようすにむけながら、グインが云った。そして
そちらを見向きもせずに云った。

「ヴァレリウス。どうやらおぬしの出番だぞ。……イシュトヴァーン、いいか、落ち着
いてきくがいい。お前はおそらく、キタイ王に操られている」

「なんだとう……」

小姓が持ってきた火酒のつぼを手渡した。イシュトヴァーンは、それを一気に半分く
らいあおった。それから、力なくいった。

「キタイ王に……なんだと？」

「お前のその頭痛――それは、なぜナリスどのを拉致して、無傷で連れて戻らねばなら
ぬか、ということを考えると必ず起きてくるのだろう、違うのか」

「ウ……」

「それは、おそらく、キタイ王の暗示なのだ。――ヴァレリウス」

「はい」

すい、と宙を舞ってそこに降り立った黒いすがたをみて、イシュトヴァーンはいやな顔をした。

「また、きさまか。お喋りのガーガー野郎」

「お目汚しで申し訳ありませんがね」

ヴァレリウスはこれまでのうっぷんをいちどきに晴らすがごとく、ニヤリと笑ってみせる。

「グイン陛下のお呼びとあっては参上せぬわけにも参りませんので。……ただいまの果たし合いはたいそうな見ものでしたな」

「この野郎」

その口調に露骨なあてつけを感じて、イシュトヴァーンはむっとして口をとがらせた。

「ほんとに、いつ会っても感じの悪い野郎だ。なんだって、こんなやつを呼ぶんだ、グイン」

「彼が、お前の頭痛を治してくれるすべを持っているからだ」

グインはおだやかにいう。そして、小姓に合図した。

「我々はこれより、停戦の話し合いに入る。全軍、第四隊形に整列して次の命令を待て。イシュトヴァーン、お前も、お前の軍勢にいったん待てと伝えてくれんか。わが軍の伝令を使ってもかまわんぞ」

「わかったよ。伝令を借りるぜ」

イシュトヴァーンは立ち上がって、おのれが命令を下したのだということが見えるように、向こうにとりあえずばらばらと待機している自軍のものたちにむかって手をふってみせた。

「じゃあ、すまねえが、伝令に、集まって待ってろ、いま話し合いをつけて戻るからと伝えさせてくれ」

「ゴーラ王の御伝言をゴーラ軍の指揮官に伝えて差し上げてくれ」

グインがいうと、ただちに伝令はうなづいて走り去った。

「しょうがねえ、これはもう認めねえわけにゃゆかねえが、お前……前よりもずっと強くなったんだな、グイン」

イシュトヴァーンは肩をすくめ、また火酒をひと口飲んだ。

「前にお前と肩を並べてノスフェラスで戦ったときにゃ、強いやつだし、本当に途方もなく強いやつでさえあるが、それでもなんとか出来る方法もあるんじゃねえかと思ったものだったが。――いつのまに、こんなにべらぼうな化物になりやがった」

「それはかたじけない。だが、お前もなかなか手をあげたようだ」

「あんたに云われるとなんだか、ばかにされてるような気がするぜ。だがきっと、本当にそう思ってくれたんだろうな」

イシュトヴァーンは手をあげて、前髪をかきあげた。

「まあなあ、おかしなもんだな。ああしてともかくも俺としちゃあ死力を尽くして戦ったあとのほうが、お前に親しみも持てるし、気持も晴れ晴れするってのは。俺は根っから戦いが好きなんだな。このいくさでいのちをおとしたやつらにゃ、俺がここでこうしてお前の言い分を飲んでしまっちゃ、申し訳がたたねえ話だがな」

「だが、もうこれがひきどきだ、イシュトヴァーン。それはおぬしとてもわかっていたはずだ。三万のまだ若いゴーラ将兵を、国おもてにつくまでに全滅させたいわけではあるまい。……たとえ、どれほどの弱卒ぞろいとはいえ、レムス軍はあまりに数が多い。それをあとからあとから押し寄せられて戦っていたら、おそらくユラニア圏内に無事に到着するまでには、かなりの数のゴーラ兵が死傷しなくてはなるまい」

「わかってら、そんなことは」

「俺は、ケイロニア兵のみならず、ゴーラ兵の若者たちにも、無意味に死んだり、手足を失ったりさせたくないものだと思うのだよ、イシュトヴァーン。むろん、戦わねばならぬときもあろう、どうあってもいのちをまとにせねばならぬときもあろう。だが、無意味にいのちを捨てることはない。それが俺の主義でな」

「ずいぶん、御仁慈あついこった」

イシュトヴァーンは、グインのうしろから近づいてきた赤毛の若き巨人に目をやって、低く口笛をふいた。

「こないだの、ええと……」

「金犬将軍ゼノンであります」

「おお、そうだ。ゼノンだ。あらためてこう見るとずいぶんでっけえな、お前も。――グインと並ぶと、なんだか俺がおそろしく小柄なような気がしてくらあ。お前だろう、こないだ、ルエの森で俺とやったのは」

「さようであります。そのせつはお手並みの程、恐れ入りました」

ゼノンもまた、何よりも武勇を愛する武人である。いまの立ち合いに、すっかり心を奪われたようすで、イシュトヴァーンを見る目も以前よりも少し敬意のあるものになっていた。そのまま、護衛するかのようにグインのうしろに立つ。

「イシュトヴァーン、俺のその考えに異存なくば、ここでお互い兵をひき、もうパロ内紛に手出しすることはやめてユラニアに兵をひきあげてくれることにも同意して貰えような」

「………」

イシュトヴァーンはずるそうに黒い目をまたたかせた。そして、舌でゆっくりとくちびるを舐めただけで何もいわなかった。

「イシュトヴァーン」

グインは焦ったようすもなくいう。

「もうちょっとだけ、俺を信用してくれる心持が残っているのであったら、ひとつだけ頼みがある。このヴァレリウスに、ほんのちょっとだけ、時間をやってほしいのだ」

「時間を、このガーガーにだと」

イシュトヴァーンは眉をよせた。

「どうするってんだ。俺に魔道でもかけてくれようってのか」

「その逆だ。ヴァレリウスは、ある程度ではあるが、キタイ王の魔道をとくすべを持っている。ずばり云って、俺は、お前がおのれでは知らぬあいだにキタイ王に操られているのではないかと思っている。そのおりに、なんらかの暗示を埋め込まれ——そしてナリスどのの身柄を拘束せよ、という命令を受けて、そのように動いたのだとな。——おそらくだが、その接触の記憶は消されているはずだとヴァレリウスはいっている。しかし、人間の記憶や心のはたらきというものは、魔道師にはあるていど、なんというか脳から出る波のかたちのようなものとして読み解くことができ、それに手が加えられていることはあとからそのかたちをたどってみればわかるのだそうだ。俺は、お前に、暗示を受けているかどうかをヴァレリウスに調べてもらってほしいのだ。……お前とても、キタイ王のいいなりになる傀儡になど、しかもおのれの知らぬうちに、されていたくはなかろう」

「そりゃあ、そうだ」

用心深く、イシュトヴァーンはいった。それから、おそるおそる、おのれの頭にさわってみた。

「まあ、な……俺も多少——おかしいと思わねえでもないんだ。もしもなんかあったとするとあのときだろうか、というときもあるし……それに、なんとなく、つじつまのあわねえこともあるし……まあ、そりゃ、俺はキタイなんざ知っちゃいねえ、そんなやつに四の五の命令されるなんざまっぴらごめんだ。……だが……」

「……」

「だが、そのガーガーに頭んなかをいじりまわされるなんてのもごめんだね。そんなことしたら、そいつはきわめつけに陰険なパロ野郎なんだ。逆に、キタイ王のなんとやらなんてものは存在してもいねえのに、そいつのほうがこんどはパロ流の暗示だかなんだかを俺にうえつけようとする、ってことだって、出来るんじゃあねえのか」

「そのようなことはしませんよ」

怒ってヴァレリウスがいった。

「そんなことをして、何になるというんです。失礼ですが、私が一番ゴーラ王どのに植え付けたい暗示なんていうものがあるとしたら、とっととパロから立ち去ってくれませんか、ということにつきますね」

「いずれ、そうしてやらあ。お前に頼まれなくてもな。——ただし、お前のお大事なアル・ジェニウスこみでな」

イシュトヴァーンはにくらしそうにいった。ヴァレリウスが血相をかえた。

「あなたはまだそんなことを……」

「暗示だかなんだか知らんがなあ。ナリスさまについちゃ、古代機械がどうのってのは何なのか知らんけどな、俺にとってはいまはナリスさまを連れてるってことがとても大きな——パロから無事に出るための保証みたいなもんだからな。そう簡単に、そんな暗示がとけたからって——そんな暗示なんてものがあったのかどうか知らないが、それがなくなったところで、悪うございましたとナリスさまを手放すだろう、無法をいたしました、すみませんと頭をさげてナリスさまを返してやるだろうと思ったら大間違いだぞ。阿呆」

ヴァレリウスは叫んだ。

「なんだって、あなたはそういうつまらん意地を張らずにはおられないんです」

「そんなの、もう本当にただの意地っぱりじゃないですか。——いまとなって、ナリスさまをお返ししようとしない、どんな理由があるっていうんです。キタイ王に命じられて、その傀儡となってマルガを襲い、ナリスさまを幽閉しただけだというのに。ともかくその暗示をとかせてもらいますよ——すべてはそれからだ。それに」

ヴァレリウスはグインをふりかえった。

「すでに、《魔の胞子》についての検査はいまのところまでにすませました。……とりあえず、いま私にわかる範囲内では、ゴーラ王イシュトヴァーンどのには、どこにも《魔の胞子》が埋め込まれている、という痕跡はありませんね」

「なんだ？　そのなんとかってのは」

イシュトヴァーンが聞きとがめた。

「検査をすませただと。ひとに勝手になんかしやがったのか、ええ？　このイヤな魔道師野郎め」

「《魔の胞子》は、キタイ王がひとを知らず知らずのうちにあやつるキタイの魔道だ」

グインが説明した。

「それはきわめて恐しいもので、知らずに放置しておけばひとの脳のなかでどんどんはびこり、最終的には完全にその人間をのっとって、それこそ文字どおりのキタイ王の思い通りに動く人形にすぎぬものにしてしまうようだ。レムス宮廷のなかでもかなりのものがそれに操られて、キタイに利する行動をとっているのだというのが我々の一致した見解になっている」

「《魔の胞子》だと」

イシュトヴァーンはぶきみそうにつぶやいた。いかにもイヤそうでもあった。

「そんな妙なもの……俺にとりつかれてたまるか」

4

「そう、だから、検査をさせていただいたのですよ、イシュトヴァーン陛下」

いくぶんいやみたらしくヴァレリウスがいった。

「これはべつだん、何かあやしい魔道というようなわけではなくて、ある方法によって、特殊な視力で見ることで、《魔の胞子》だけが発光して見えるようになるのです。だから、からだのどこかに《魔の胞子》が植え込まれていれば、それが発光して見えますから、それをとりのぞくことができるというわけです。……残念ながら、イシュトヴァーン陛下にはそのような発光して見えるものはないようですね。これはまあ、先日の会見のおりにもさせていただいたので、あるていどはわかっておりましたが、今回のほうがお近くに寄れましたので、よりじっくりと調べることができましたので」

「知らねえ間にことわりもなしに妙な検査だなんだというような手妻を使いやがって」

イシュトヴァーンは口のなかで毒づいたが、グインたちが真剣にそのキタイ王の策略を案じていることがわかったので、それ以上は文句を言わなかった。

「まあ、だが、俺もそんな妙なカイライになんぞなりたくもねえが、だからといっていまいったように、そのかわりにパロの魔道師の魔道で操られるなんてのもまっぴらだぜ、グイン」

「そんなことはせぬさ。ただ、お前のその頭痛、ナリスどのをなぜこのように拉致し、監禁し、執着するのか、古代機械などという、おそらくお前にとっては知識もなければ関心もなかったはずのもののために、なぜナリスどのを人質にとり、生かして連れてゆかねばならないのかと考えてみようとするたびに頭が割れるように痛くなるという、それはほぼ間違いなくキタイ王の暗示の後催眠によるものだ。俺はそれをヴァレリウスにとってもらって欲しいのだ」

「後催眠だと」

イシュトヴァーンは思い切りいやな顔をした。

「なんだ、それは」

「後になってからもずっとかけられた暗示が頭のなかに残って、術をかけた当人がその場にいなくなってもかけられたほうがその命令にしたがって行動したり、それこそいまのイシュトヴァーン陛下のように、それについて疑問をもとうとすると激しい拒否反応がおきてくるような術のことですよ」

ヴァレリウスが説明した。

「何も私のほうから有害な暗示などは与えないということは、なんならずっとグイン陛下に立ち会っていただければ信じていただけるでしょう。ただ、ちょっとふれさせていただいて——それで、もうその変な頭痛はとれるんですよ。このさきずっと」

「………」

イシュトヴァーンはしばらく考えを決めかねてくちびるをかんでいた。

それから不承不承、うなづいた。

「しょうがねえな。……決しててめえを信頼したわけじゃねえが、じゃ、まあ、やれよ」

「これは恐悦至極」

皮肉っぽく、ヴァレリウスがいった。

「それでは、ともかく後催眠にかけられているかどうか、そしてそれをとけるかどうかやってみましょう。失礼しますよ」

つと、イシュトヴァーンに近づき、気づいてあたりをふりかえる。

「何か、寝椅子のようなものとか……あるいは椅子を二つならべるだけでもいいのですが、その上に横になっていただけると一番いいんですがね」

「わかったよ、俺が横になればいいんだろう」

イシュトヴァーンはまだなんとなくうたぐり深そうな顔をしながら、そのまま無造作に地面に身をよこたえる。ヴァレリウスはつとそのかたわらに膝をつき、手をのばした。

「目をとじて下さい」

そっと、イシュトヴァーンの額に指をそろえてふれると、こんどは少し指先を浮かせ、ルーン文字を描くように空中に動かして、またそっとイシュトヴァーンの額にふれる。

イシュトヴァーンは目をとじたまま、動かなくなった。

「――やはり催眠暗示の痕跡がはっきりと感じられます」

ヴァレリウスはもう、いやみな態度も、皮肉なようすもなく、真剣な顔でグインを見上げた。

「かなり強い暗示です。――まさしくこれで、そのことを考えようとしただけで強烈な頭痛が起きてきて、考えられなくなるように、脳のなかに一種の結界を張っているのですね。――ロルカどの、ディランどの、そこにいますか」

「ここに」

空中から、黒いもやもやとした二つのかたまりのように、魔道師のロルカとディランがあらわれた。

「協力を」

ヴァレリウスのことばに、ただちに二人の魔道師も手をのばして、なにごとかルーンの聖句をつぶやきながら、指さきをそろえてイシュトヴァーンの額に三人の指を集めるようにする。そのようすを、グインは落ち着いて、ゼノンは目をまるくして眺めていた。

「念を集めて、結界をときます」

ヴァレリウスが緊張したようすでいった。

「かなり強烈な暗示力なので、いきなりすべてとりはらうと、被術者の脳が損傷をうける可能性もあります。少しづつ、ゆっくりと設定された禁忌をとかして、ほぐして、反対の暗示を与えてゆるめてやってゆかねばなりません。少々時間がかかりますが」

「頼む」

グインは手短かにいう。ヴァレリウスはまた低く聖句をとなえた。

「しばらく、大きな音や声をたてぬようにお願いいたします」

三人の魔道師たちが、目をとじ、熱心に念をこらして、精神集中しているようすを、グインとゼノンはじっと見つめていた。

奇妙な緊張した時間が流れた。――およそ、十タルザンほどもかかっただろうか。

「手強いな」

ヴァレリウスが、いったん目をひらいて、額の汗をそっとぬぐった。

「非常に強い暗示です。――それにこのあいだお話したことを覚えていられると思いますが、もともと、イシュトヴァーン自身の精神のなかにまったくない衝動や考えというのは、あとから催眠で作り出したとしてもそこまでは強烈にはなりえないだろうということを。……その意味では、はじめからナリスさまという存在は彼にとっては非常に特別なもので――ナリスさまへの執着というか、あこがれのようなものはもともと彼には強く存在しているので――そのなかに、それを根にして暗示を仕込んであるので、とてもほぐしにくいのです。……だが、やってみます」

ふたたび、ヴァレリウスは目をとじて、指をイシュトヴァーンの額にもどした。一見すると、ただそうして三人の魔道師たちが指さきをのばしてイシュトヴァーンの額をおさえているにすぎぬように見えたが、その指を通じてイシュトヴァーンの頭のなかに強い念波が送り込まれ、激しい目にみえぬたたかいがくりひろげられているのだ。グインはそのようすをじっと見つめていた。

やがて、

「こんなものかな」

吐息のような声をもらして、ヴァレリウスが、手をひいた。同時にロルカとディランも手をひいて、もう一方の手で指先をきよめるようなしぐさをした。

「とりあえず、暗示にそむくと頭痛がおきる、という仕掛けだけはとりのぞきました。……そのように連結してあった暗示のほうは解除したので、もう、頭痛に悩まされることはないでしょう。しかし、ナリスさまを生かしてとらえてどうあってもイシュタールに連れてゆかねばならない、という命令のほうは――全部とりのぞいてしまうと、それこそ彼の人格の根幹にかかわるものにふれてしまうことになるので……それも、白魔道には厳禁されていることなので……そのままにしておくしかありませんでした。あとはただ、イシュトヴァーンが目をさましてから、こんどは頭痛に悩まされることなく、理性的に考えてそれがばかげた、根拠のない考えだとわかって考えをあらためる、それを期待するしかありません。——有難う、ロルカどの、ディランどの」

「……」

二人の魔道師はそっと頭をさげて、立ち上がり、うしろに下がる。

イシュトヴァーンは目をとざしたまま、まだ草原にじかにマントにくるまって身をよこたえて、動かない。その額の上にまたヴァレリウスはこんどは手のひらをかざした。

「では、三つ数えたら目をさまして。そしてもう、何か特定のことを考えても頭痛に悩まされることはない。そら、一、二、三」

ぱん、と軽くヴァレリウスが手を叩いた。

「う……」

とたんに、イシュトヴァーンの目がぱちりと開いた。

「なんだ……」

瞬間、おのれのおかれた状態が解せないかのようにきょろきょろと目が動いて、それからいきなりぱっとはねおきる。

「俺になんかしたか。このいかさま魔道師は」

うたぐり深そうに彼はグインを見上げてきいた。グインは苦笑した。

「彼は仲間と協力して、お前の受けた有害な暗示をとりのぞくよう力を尽くしてくれただけだ。……もう、何か考えても頭が割れるように痛むことはないようだぞ。これまで、特定の何かを考えると激しく頭が痛んでいたのだろう。――そのことを考えてみろ」

「……………」

イシュトヴァーンはなんともいえぬ妙な表情をしていたが、しばらく黙り込んだ。それから、やや驚いたように云った。

「ほんとだ。頭が痛くならねえ」

「それが、キタイ王の後催眠による暗示だったのだ。……お前は、キタイ王に会ったことを思い出したか？」

「――ああ」

それを認めるのがいやそうに、イシュトヴァーンは低くいった。さっと、ヴァレリウスのおもてが緊張した。

「どこで会ったか、思い出したか」

「キタイ王っていうか……俺が会ったのは……」

イシュトヴァーンは口ごもる。

「ご心配なさることはありません」

ヴァレリウスが強く言った。

「もう、暗示はとけています。——何を思い出しても、それで何か悪いことがおこることはありません。ただ、前にうけた暗示の影響が多少残っていて、思い出すのが恐しいだけです」

珍しくイシュトヴァーンはヴァレリウスに何も言い返さなかった。

ややあって、ためらいがちに低い声でいう。

「俺が会ったのは……レムスだった……いや、だが違う……レムスであって、レムスじゃなかった……俺が下らんことをいってると思うだろうが……」

「思わぬよ、イシュトヴァーン。レムスに憑依したヤンダル・ゾッグに、お前はレムスを通じて会ったのだ。同じことを、俺も経験している」

「レムスに憑依……ああ、そういうのか……」

イシュトヴァーンはなおもためらいがちに口ごもっている。

「それがレムスじゃねえことは……そうではありえねえことはすぐわかった……スカールと斬り合って……崖からころげ落ちて、川に流されて——かなり下流で這い上がったときだ。そんときに……ユリウスってえ変なバケモノがいるだろう、あのやたらめったらワイセツなやつ。なまっちろい阿呆な口をきくやつだ」

「知っていますとも」

「ああ、知っている」

グインもヴァレリウスも即座に力をこめて肯定したので、ゼノンがびっくりしたように二人を見たほどだった。

「あいつがあらわれて、なんだかんだつまらねえことを云ったんだ。あいつのお師匠様とやらにつけだの、なんだかんだ、もっとつまらねえことをな。……きゃつは前にも一回俺の前にあらわれて――なんだかんだ云ったことがあるんだ。いつだってなんだかんだ云いやがる――あれは、なんとかって魔道師の手先で……」

「〈闇の司祭〉グラチウス」

グインが云った。

「キタイにあってヤンダル・ゾッグ勢力に対抗する《暗黒魔道師連合》を結成し、またドール教団をひきいていろいろと中原でも画策をくりかえしている黒魔道師だ。彼自身も中原を征服してやろうという野望を抱いているが、とりあえずキタイ勢力とは敵対する立場にあるという、微妙なところにいるな。それがいっそうことをややこしくしてくれているのだが」

「そう、その〈闇の司祭〉がどうもいろいろと俺の邪魔をしたり、なんだかんだしてたらしくて……あの助平淫魔はそのじじいの言い分だかなんだかを伝えようとして、俺をそっちにひきこもうとしてたのさ。そうしたら、そこに、妙なおっそろしいバケモノ蛆虫に乗ったレムスだか、レムスにとりついた化物だかなんだかがあらわれやがって……」

そのときのことを思い出したように、あらためてイシュトヴァーンはぶるっと身をふるわせた。

「そうだ、いまは思い出せる——しばらくのあいだ、そのちょっと前からもうずっと何がおこってたのか、まったく記憶がとぎれてどうしても思い出せなくて、気持が悪くてしかたなかったんだ」

「それが、後催眠の結果なんです」

ヴァレリウスが強い口調でいった。

「そうやって、記憶に障壁を作り、思い出すと都合の悪い記憶は、思い出そうとすると頭が痛くなったり、そこにふれることができないようにされていたんです」

「ああ……どうやらそのようだな。いまはすっかり思い出せるからな」

いつになく素直な口調でイシュトヴァーンは認めた。

「そして、きゃつは……そのレムスの顔をしてるがレムスじゃねえ化物は、俺に手を組もうと云いやがったんだ。——自分が、種を仕込んだパロの王太子とやらが育つまでの時間の猶予が必要だから——それまでのあいだ、レムスと手を組んでパロをなんとかしろ、そのアモン、そうだアモンとかって化物が育ってきて使いものになるようになったらレムスは片付けちまっていい、っていうようなことをだな……」

「やはり……」

ヴァレリウスとグインはそっと目を見交わした。

イシュトヴァーンは、またちょっと身をふるわせた。

「俺は魔道のことなんか何もわからねえが――これがとてつもない化物らしいってことだけはわかった。そして、そいつは俺に――そうだ!」

いきなり、愕然としたようにイシュトヴァーンはまた、身を激しくふるわせる。

「きゃつは云ったんだ。――俺に、キタイの将兵十万と、物資は無制限に、そしてキタイの魔道師軍団を貸してくれるって。――王太子アモンのうしろだてになってやってくれと……そいつが育ちきるまでのあいだ……そいつは……そうだ、ええと……そいつは急いで作ったので不安定だとかどうとか……いますぐにそいつが化物だってことがばれると、たぶんクリスタルを恐怖のどん底に叩きこんじまうから、かえって神聖パロにつけいるスキを与えるのどうの……こんな重大なことを、どうして俺は忘れていたんだろう」

「それはだから、思い出してはいけない、という暗示をかけられていたからですよ」

ヴァレリウスが緊張した口調でいった。

「なるほど、やっとわかりました。そういうことだったのですね——キタイの本国では大規模な反乱がおこっている。だから自分はキタイへ戻らなくてはならぬ——竜王はそう云ったでしょう。そうではありませんか？」

「ああ」

イシュトヴァーンは驚きながらいった。

「そのとおりだ。キタイで反乱がおきてるのか？」

「そうだ。ヤンダルが中原にこうして進出しているすきに乗じて、俺がかつてキタイで会ったリー・リン・レンという若者を中心にして、キタイの人々が、ヤンダルの恐怖にみちた支配から逃れようと一斉蜂起の火の手をあちこちであげた。——それはおそらく、ヤンダルの支配そのものが、まだ完全にキタイ全土をおおいつくし、キタイの人々を縛ってしまうほど強力なものではなく、ヤンダルという稀代の魔道師当人の力が存在することによってだけ、成立していたものだ、ということを示している。だからこそ、ヤンダルが《竜の門》をひきいて中原に乗り出してきたとたんに、こんどはキタイに反乱がおこったのだ」

「なるほどな……」

「それで、ヤンダルは中原を、というかまずはその手はじめにパロをしたがえようとする計画の途中で、否応なしに本国キタイに急ぎ戻らざるを得なくなった。それで、そのままにしておくにはこころもとないクリスタルの情勢を、お前の力をかりて確保しておこうとはかってお前にいそぎ接近したのだろう。——レムスはもともと、ヤンダルの配下であるカル＝モルという魔道師に憑依される、というかたちで、キタイに間接的に操られていた——これもある意味さきにいった《魔の胞子》に似たような魔道だといっていい。だが、これは俺がこの目で見聞きしたことだが、レムス自体もまた、そこまで完全に傀儡と化してしまったわけではなく、明らかにレムスの自我そのものは残っていて、それもしだいにヤンダルの支配に抵抗する力がついてきて、おのれがおかれている状況をいぶかしんだり、反抗したりする気持も芽生えてきている。ヤンダルにとっては、しだいに扱いにくい傀儡と化してきたわけだ。それゆえ、ヤンダルはいずれレムスは不要になるし、このままレムスを手先として中原征服の計画を進めることは無理だと判断して、かわりにおのれの血をひくそのアモンという怪物によって、パロを支配させ、最終的にキタイの属国となるようにとたくらんでいるのだ」

「……………」

衝撃をうけたように、イシュトヴァーンは何も云わなかった。

「〈闇の司祭〉グラチウスはかねてより、キタイにあって、このヤンダルの巨大な陰謀、全世界をゆるがす陰謀に気づいており、それを阻止するべくいろいろと手段をめぐらしていたし、それゆえに、黒魔道師たちやその他の勢力をすべて反ヤンダルという目的で同盟させる、《暗黒魔道師連合》という大きな組織を作り上げることには成功した。だが、おそらくこの《暗黒魔道師連合》だけではヤンダルの動きを阻止しうる力には足りなかったし、またそもそもグラチウス自身がこの機会に乗じて中原をちゃっかりとおのれ自身のものにしてやろうなどというよけいな野望をもともと秘めていたために、いっそう話がややこしくなったのだな。……グラチウスはあちこちにちょっかいをだし、あるときはユラニアをおのが傀儡の王国としようとたくらみ、あるときは俺を手にいれて俺の力を使ってやろうとたくらみ、さまざまにたくらみを仕掛けてきては、まあ、おおむね、それに失敗したわけだが、そうしているあいだに、俺やヴァレリウス——そしてこれはむろんナリスどのの炯眼や、さまざまな偶然などもあって、ヤンダルのたくらみの全貌や、またヤンダルの一族自体の正体、そしてまたさらに巨大な古代機械の謎などがしだいにあきらかになってきた。——いまでは、俺とヴァレリウスどのは、きゃつらのたくらみ——これはヤンダルもグラチウスもだが——そのかなりの部分はもう見てとっているつもりでいる」

「……」

また、イシュトヴァーンは、くちびるをかんだ。

「イシュトヴァーン。お前は沿海州に生まれ、ヤーンの縁あってモンゴール大公の夫となり、そしてついには由緒ある帝国ゴーラの名をつぐゴーラ王国の王とまでなった。—

——いずれにせよ、お前は中原とは切っても切れぬゆかりのある人間だ。……この中原が、そのような、異世界からやってきた竜頭の怪物の野望や、また最終的にはおのが私利私欲を満たさんがための黒魔道師の野望などに私されてよいと思うか。——それは、もしもヤンダルの野望が達成されれば中原全体がキタイの属国として、恐しくも異様な異形の一族の支配する暗黒の国家となり、そして万一にもグラチウスの思い通りになるようなことがあれば、それこそ黒魔道によって制圧されるとんでもない世界が出来てしまう、そんなようなことなのだぞ」

「……」

「俺はそれをうれえた。——ケイロニアが長年の外国内政不干渉主義を破ってこうして、ケイロニア王たるこの俺がパロ内紛に介入することを国家として認めたのもその懸念を理解したがゆえだ。そして、俺は神聖パロ国王アルド・ナリスどのの懸念、キタイの脅威についてのおそれがすべて正当であるということを認めた。かねてからナリスどのが中原列強諸国に送り込み続けていたキタイの脅威への警告と、そしてレムスがキタイの傀儡であるという告発、それがすべて真実であるということを、俺はクリスタル・パレスの奥深く入ることにより、まさにこの俺のこの目で見届けたのだからな。——だからこそ、俺は神聖パロのために大ケイロニアの力すべてを貸すこととした。レムス・パロは破れねばならぬ——そして、キタイからの、東方からの侵略の糸口、扉はとざされ、中原の平和と安寧は守られねばならぬ。かの古代機械が、レムスによってではなく、ナリスどのによってしか操縦されぬようになっていたことは、まさしくヤーンのおぼしめしとしかいいようのない天の助けだった。もしもあれがすでにキタイの手にわたっていたとしたら、我々はきわめておそるべき重大な脅威にさらされ、あるいはもう中原には二度と平和も安寧もありえなかっただろう。――だからこそキタイ王は、古代機械を手中におさめ、そのあるじたるナリスどのをどうしても手にいれようとしている。――お前はそのための道具に使われていたのだ。ナリスどのを返して、そしてユラニアに引き上げてくれるだろうな。イシュトヴァーン」

「………」

イシュトヴァーンはしばらく、またじっと黙り込んでなにやら考えていた。奇妙な息詰まるような沈黙がおちた。イシュトヴァーンは、グインたちの待っているのをはねかえすかのようにくちびるをかみしめた。

それから、いきなり、にっと――むしろ不届きなほどに痛快そうな笑みを浮かべて、グインを挑むように見つめた。

「なるほど、よくわかった。――イシュタールに帰るよ、俺は」

「おお。わかってくれたか。イシュトヴァーン」

「ああ。ただし、ナリスさまは返さねえ。俺は言い出したことは守るんだ。ナリスさまはイシュタールに連れてゆく。これが俺の返事だ、グイン！」

あとがき

というわけで「グイン・サーガ」第八十六巻「運命の糸車」をお送りします。

ずっとこのところ、隔月刊の雑誌の如く(笑)定期的に二ヶ月いっぺんでお送りしてきたグインですが、このあとちょっと外伝が二冊はさまるものでちょっとあいだがあいてしまいます。といってもそのあいだに逆に、外伝のほうは毎月(大爆)上下巻で刊行されてしまうので、実にこのあと、十月からは、十月、十一月、十二月、という、ひさびさの「月刊グイン」となるんですね。まあ、「外伝なんてどうでもいい! 本篇をせっせとすすめろ!」とおっしゃるかたもおいでかもしれませんが、まあ外伝もなかなかいいもんですし(笑)それにしばらく全然そういうことしてなかったんで、ちょっと違う世界に目をむけるのもなかなかわたくし的には新鮮だったりしますので、ご勘弁願えたらいいなと思います。この二冊の外伝については、たいへんお若いイラストレーターの丹野忍さんと初コンビをくむ、ということもあって、なかなかに私にとっては楽しみなものになっております。

　ところで書いておいてくれといわれたことを忘れないように（笑）先に書きますけど、こないだのあとがきでも騒いでいた「通算２５００万部突破フェア」なんですが、いよいよはじまっておりまして、この本がお手元にとどくころには実施中、ということになってるようです。グイン全部じゃあなくて、第一巻となんとかとなんとか（大爆）に抽選券みたいのがついていて、それに応募なさると、特製クリアファイルだの、ポスターだの、特典がある、というようなことらしいですが、見本をみせてもらったらなかなかどうしてカッコいいクリアファイルです。ぜひ皆様、ふるってご応募下さい……っていうとまるでなんかのディスクジョッキーみたいな気がしてきますが（笑）ともあれ、そういうわけでいま現在「２５００万部フェア実施中！」であります。いやあ、「小説の数字じゃないです」って担当のA氏がいってましたが、まさしくですね。そもそもまあ、八十五巻だの、外伝がこんどで十八冊だのってのからして、小説の数字ではないのかもしれませんが。

　でも、そういうわけでしばらく外伝を書いていまして、本篇から頭がはなれているところに八十六巻のゲラがやってきて、それをやっていたらなんか「あれー」という気がしてしまいましたね。「いやあ、なんか、こうなったのかあ」って、あいだにほかのものが入ったものですから、なんとなく完全に読者モードで読んでしまいました。ゲラをみるのってのにはこの楽しみがあるんですが、二ヶ月にいっぺんだと、けっこう自分の書いた余韻もさめやらぬうちにきたりするので、今回は時間的には同じなんだけど、あいだに「違うグインもの」が入っていたというのが新鮮でありました。やっぱりこのところの感慨というのは「いやあ、とうとうここまで……」につきるのでしょうが、にしても、やっぱりグインがいると安定するんだなあ、というのが最大の感想ですねぇ（笑）

もっとも、さっき旦那とつらつら話していたんですが、確かにグインだのカメロンだのって人は安定するんですが、逆にこういう、非常に常識的な行動しかしない人というのは、ストーリーを大きく展開させてゆく役にはあまりたたない人たちで（大爆）話をとっぴな方向あらぬ方向に転回するのって、いつでもやっぱり「お前は電波系か」というような人たちなんですね（笑）それはもう、自分の日常にも最近なにげに電波系な人が多かったりするので、つくづく思ったりしてしまいますが。まあ、電波な人たち、異常な人たち、壊れた人たちばかりの世界ではそれはそれ、まきこまれるほうはたまったものではありませんが、また、あまりに安定した大人の人たちばかりだと、それはそれで、毎日平和に働いてきちんとものごとが運ばれて、よく働いてビールの一杯も飲んでいやいやきょうもよく働いたと飯食って寝て……というのが続いてゆくばかりで、まあだからケイロニアって国は安定した系の人が多いので、それでなかなか平和で繁栄もしてるんですが、ダリウス大公とか、マライア皇后とか、あるいはユリウスみたいなのがなんか仕掛けてくるとか、そういうことがないと、ケイロニアではずっと何もたいしたことのない歴史が続いてしまうんだろうな、でもってみんな一年に一度の武闘競技会をオリンピックかW杯なみに楽しみにして、それもでも「健全に、良識を守ろう、はめをはずさずに」なんてことで、サイロンでどっかの川に飛び込んで騒いだりする人はいなくて（笑）（笑）みんな「ケイロニア万歳、グインばんざい」っていってまたいつもの勤勉な日々に帰ってゆく、というしょうもない日々が続いてしまうんだろうなあと（笑）（笑）

そう思うと、なかなかに、「事件」というのは、やっぱり「普通でない人」がおこすものなんだなあという感慨にとらわれたりするのでありますが、まあ、また普通でない人ばっかりだとこれは、事件というよりは、純文学になっちゃってそれこそ「佐川くんからの手紙」みたいなことになってしまうかもしれないので、まあやはり、この国は安定した人が多くてここはそうでもない、そしてどちらにも、やっぱり安定した人が多い国にも安定してない人はいるし、安定してない人ばかりのパロみたいな国（爆）にも一応常識人はいるんだ、ということでなんとかもっておるんでしょうねえ。なんにせよ、巨大な波のあいだに小さな波が無数にあって、そのあいだにかなり大きな波があって、みたいな「グイン・サーガ」の流れの全体の構図のなかで、はじまって以来の非常に大きなゆるやかな波のひとつが、ようやくもしかして収束に向かってるのかな、と感じさせたのが今回の巻ではないかと思います。たいへんに、ショッキングでまたまた非難あびそうな事件も前半分でおこったりはしてるんですが、まあねえ……それについてはちょっと何もいうわけにゆかないので……

なんかこのところ、あいまに外伝が入っていたせいか、ずっと私、きたゲラは八十七巻で、次に書くのが八十八巻だと勘違いしていたら、じっさいにはまだ八十六巻だったんですね。でもって、もう、今度こそ、とっとと八十七巻を書かないとついに刊行のほうに追いつかれてしまうという、非常に切迫した事態になってきたので、ううう、大変です。あとがきにひんぴんと登場してお馴染みの天狼パティオでは恒例の行事として「グイン・サーガ」及びほかの私の著作のタイトルあてクイズ、というのをやっていまして、毎回、タイトラーと称するクイズ好きの皆様たちが、私のヒントであれやこれやと知恵をきそって、みごとタイトルをあてたかたが「タイトルちゃんぷ」となって栄光を得る、ということになっているんですが、それはグインの五十巻「闇の微笑」からはじめて、この巻はちゃんぷなしで、ついに投了、でもそれからでももう、三十五人のちゃんぷが登場したことになります。(四回か五回あてたかたがいらして、いや、それはグイン以外のものも入ってるんですが、そのかたはもう、パティオではタイトルクイーンと呼ばれております)今回の「運命の糸車」は、水木竜司のファンクラブ「竜司親衛隊」の隊長でもあられるあおきちさんがみごとタイトルちゃんぷになられたんですが、これも最初は「帯に次号予告が出ちゃうので、それが出る前にとにかくタイトルあてクイズをしなくちゃ」と非常に大騒ぎというか、やや本末転倒的な騒ぎがパティオではくりひろげられておりました（笑）最近は、帯には次号のタイトル予告が出なくなったみたいなので、やや安心して、「次の展開を予想するためには、とにかく前の巻を読んでからのほうが」みたいなタイミングになってたんですが、これだけ追いつかれてくると、下手すると、うっかりタイトルあてクイズをのんびりしてると本のほうが先に出ちゃうという未曾有の事態が——って、こんなところでも、やっぱり、グインワールドはいろいろな派生物や派生する事態を生んでいる、ということでもあるんでしょうね。これだけの冊数、これだけの世界がかさなってくると、その中だけじゃなく、その周辺、読者のあいだ、いろいろなところで、いろいろと影響力をもつようになってきている、ひとつの現象となってきている、ということなのかもしれません。

ともあれ、外伝が入ってしまったおかげで、「年内に九十巻か？」という最初の見込みはちょっと遠くなりました。十月十一月に外伝が出るとすると、十二月に八十七巻で、ということは、九十巻は来年なかば、来年は本篇だけとすると来年六冊として九十三巻まで、ううむ、あと六冊でもまだ九十九巻なので、問題の百巻目（笑）は三年後、二〇〇五年てことになりますか。二〇〇五年の年頭を飾ることになるのかなあ。まあ、えらい先の話になって鬼が笑うどころじゃないので、そこまであれこれ考えるのはやめておきますが。しかしいずれにせよ「ずいぶん、百巻が射程距離に入ってきたなあ」という、異様な——というか、もう小説史上、二度とふたたび誰かが感じるかどうかわからない感慨てものは確かにありますねえ（笑）いやいやいや大変なことです。

最近サイト「神楽坂倶楽部」のほうでも「わくわくグインランド！」というグインの専用のエッセイコーナーがあって、そこでけっこうひと月に二、三回くらいグインのエッセイ書いているので、それもある意味あとがきみたいなものだものですから、あまり書くネタがなくって困るのですが、いま、その八十六巻のタイトルちゃんぷになられたあおきちさんとか、うちの亭主とかのあいだで「グインの一巻からの通読再読」が流行（笑）しておりまして（笑）亭主は「やっと四十巻まできた」といっておりましたが、そうやってあとであとがきを読んだりすると「ああ、あのときはあんなことあった、こんなことあった」って非常に感無量だし、また、通読そのもののほうでも、「いま」と平行して読んでいると、「あのころはこんなに若くて初々しかったのになあ」とか、そういう、アルバムを見ているような感慨があるみたいで、ことにイシュトヴァーンのこととか、いろいろと云いますね（笑）「あのころはあんなに……だったのに」みたいなことを。でも逆に、通して読んでいただいたほうが、「なんで、何があって、こうなっちゃっていったのか、それも、どこが運命の分かれ道だったのか、すごいよくわかって、アリがにくらしい」（笑）というような感想をもらしておりましたが。お暇のおりなど、一巻から読み返してみられるってのも、ひとつの手かもしれませんねえ。って、これはまあ、あるていど速読できない人にはほんとに覚悟が必要そうだから、どなたにもむげにおすすめするってわけにはゆきませんが。そういう私自身は、書くときに必要なところをあわただしく読み返すくらいで、ゆっくり通して読むなんて気にはとてもなれないので、それは「老後の楽しみ」にとっておこうと思っております（笑）でも、老後にこれだけでかい、しかもどこもかしこも自分の気に入らない展開や文章がないことがわかってる大河小説シリーズが一本ひかえてるんだと思うと、すごくいいことだな（笑）（笑）

とりあえず、でもこのあとはちょっと外伝二冊分のお休みをいただきますが、それもまたよきかな、気分がひさびさに変わるだろうということで……来年はまた、気持もあらたに本篇に突き進んでゆけるんじゃないかと思っています。今年は、去年の五月に「新撰組大変記」を上演して以来、小さな神楽座もの以外何も舞台をやっていなかったのですが、いよいよ満を持して九月に「サイバー・インヴェイション　ロマンクエスト」をお送りします。これはいよいよインターネットをテーマにコミュニケーションとディスコミュニケーションと、そして「悪意」の問題に正面からとっくんでみようか、などと思った作品で、ミュージカルのようなそうでないような、いずれにせよこれまでとは相当ひと味もふた味も違った作品です。九月四日から八日までシアターVアカサカで、お馴染みのキャストたちでお送りします。また、今年はいろいろなもののいったん集大成的な年になるかな、という感じで、十一月の二、三、四日には、南青山のMANDALAで「MY SONGS」と題して、これまで作りためてきたオリジナル曲を五十曲ほど、最高の編成でお送りして、できればそれをCDに録音したいと考えています。今年の後半はその二つのビッグイベントで、おおわらわな年になりそうです。こういうことをいうと夢も希望もない感じですが来年でちょうど五十歳になりますので（大爆）まあ、それもあって、なんとなく、「いったん決算をつけておこうかな」というような気分になりつつあるんじゃないかと自分で思ったりします。息子もめでたく今年大学生になってくれまして、これで子育てのほうも一段落したわけですもんねえ。

まあ、などなど思いつつ、いろいろとまだ迷ったり惑ったりしつつも、「五十にして立つ」を目指してゆこうじゃないか、というような気持になりつつある今日この頃であります。問題は、というか勝負は来年ですね。

ということで、今回の読者プレゼントは、これまた八十一巻のタイトルちゃんぷでもおありになる高橋ひとみさん、ほか外村美代子さん、中山富士美さんの三名のかたに差し上げます。最近サイトのほうとか、パティオのほうで「読者プレゼントはどうやって選んでいるのですか」というご質問を受けるのですが、基本的には早川書房に頂戴するペーパーレターから選ばせてもらっています。サイトにきたメールというのは、ご住所わからないもののほうが多いですし、統計もとってないし、保存もしてませんので、それは読者プレゼントの対象にはしておりませんのでご了承下さい。また、今回みたいに、パティオの「タイトルちゃんぷ」には「おねだり権」というものがあって、ご希望がかなえられるものであれば、サイン本さしあげるなり、あとがきにのせるなり（笑）しています。最近はインターネットがもっぱらになっちゃって、パソコン通信が非常に下火になってきちゃって、それもとても寂しい今日この頃なので、こんな景品もありますから、ぜひパソコン通信のほうも、「インターネットのついで」でもいいからやっていただけたらいいな、なんて思うんですねえ。なんといってもパソ通はじめて十年以上ですので、インターネットだけになるのは寂しいです。でも、いまはインターネット経由だと、「とても面倒くさくてパソコン通信なんかできない」というかたのほうが多いので、いまにやむない時代の趨勢で、完全にインターネットにとってかわられる、ベータマックスな運命とか、カセットテープな運命、レーザーディスクな運命をたどるのはしょうがないんだろうなあと思いますけど、でも最近私は通販で「レコードプレイヤー」を買いまして、長年コレクションしてきたLPレコードが完全に復活しましたし、ラジオなんかはTVがあろうがインターネットがあろうが、それなりの文化圏を樹立するにいたってますから、パソコン通信頑張れ、などとひそかに思ったりするわけであります。で

もきのうも「アクセスポイント廃止のお知らせ」がきていたなあ……（泣）

ということで、ではこんどはちょっとあいだがあいて十二月にお目にかかることになりますが、そのあいだは外伝と……もし機会がおありのかたは、うちのお芝居やライブでもぜひお目にかかれたらと思います。いっちゃ何ですけど、けっこういい曲、作るんですよ（笑）

では、また八十七巻で！　です。

二〇〇二年七月十一日（木）

神楽坂倶楽部 URL
http://homepage2.nifty.com/kaguraclub/

天狼星通信オンライン URL
http://member.nifty.ne.jp/tenro_tomokai/

天狼叢書の通販などを含む天狼プロダクションの最新情報は、天狼通信オンラインでご案内しています。

これらの情報を郵送でご希望のかたは、長型4号封筒に返送先をご記入のうえ80円切手を貼った返信用封筒を同封して、お問い合わせください。（受付締切等はございません）

〒162-0805 東京都新宿区矢来町109　神楽坂ローズビル3F
（株）天狼プロダクション情報案内グイン・サーガ86係

著者略歴　早稲田大学文学部卒
作家　著書『さらしなにっき』
『あなたとワルツを踊りたい』
『劫火』『蜃気楼の彼方』（以上
早川書房刊）他多数

HM = Hayakawa Mystery
SF = Science Fiction
JA = Japanese Author
NV = Novel
NF = Nonfiction
FT = Fantasy

グイン・サーガ㊻
運命《うんめい》の糸車《いとぐるま》

〈JA698〉

二〇〇二年八月十日　印刷
二〇〇二年八月十五日　発行
（定価はカバーに表示してあります）

著者　栗《くり》本《もと》薫《かおる》
発行者　早川浩
印刷者　大柴正明
発行所　株式会社早川書房
郵便番号　一〇一 - 〇〇四六
東京都千代田区神田多町二ノ二
電話　〇三 - 三二五二 - 三一一一（大代表）
振替　〇〇一六〇 - 三 - 四七七九九
http://www.hayakawa-online.co.jp

乱丁・落丁本は小社制作部宛お送り下さい。
送料小社負担にてお取りかえいたします。

印刷・株式会社亨有堂印刷所　製本・大口製本印刷株式会社

ISBN4-15-030698-2 C0193